海奥华预言

Thiaoouba Prophecy

（澳）米歇·戴斯玛克特 著
Michel Desmarquet

嘉心 尉迟寞荚 译

作家出版社

京图：01-2018-2700

图书在版编目（CIP）数据

海奥华预言 /（澳）米歇·戴斯玛克特 著；嘉心，尉迟蒙荚 译 . -- 北京：作家出版社，2018.6（2023.7 重印）
ISBN 978-7-5212-0083-6

Ⅰ. ①海… Ⅱ. ①米… ②嘉… ③尉… Ⅲ. ①长篇小说 - 澳大利亚 - 现代 Ⅳ. ①I565.45

中国版本图书馆CIP数据核字（2018）第126889号

海奥华预言

作 者：	（澳）米歇·戴斯玛克特
译 者：	嘉 心　尉迟蒙荚
责任编辑：	杨兵兵
装帧设计：	北京中作图文制作有限公司
出版发行：	作家出版社有限公司
社　　址：	北京农展馆南里10号　邮　编：100125
电话传真：	86-10-65067186（发行中心及邮购部）
	86-10-65004079（总编室）

E-mail:zuojia@zuojia.net.cn
http://www.zuojiachubanshe.com

印　　刷：三河市紫恒印装有限公司
成品尺寸：142×210
字　　数：170千
印　　张：7.625
版　　次：2018年7月第1版
印　　次：2023年7月第30次印刷
ISBN 978-7-5212-0083-6
定　　价：39.00元

作家版图书，版权所有，侵权必究。
作家版图书，印装错误可随时退换。

自序

我是遵命写这本书的。我发誓这是发生在我身上的一系列事件的报告。

我估计在一定程度上，这非同寻常的故事对有些读者来说像是一本科幻小说，一个彻头彻尾编造的故事。但我并没有编故事所需要的想象力，这不是一本科幻小说。正直善良的读者会看出我从我的新朋友们那里带给地球人类的信息的真实性。这些信息，尽管部分涉及宗教信仰，但并不说明作者有这方面的偏见。

米歇·戴斯玛克特（Michel Desmarquet）
一九八九年元月

他们有眼却不看，有耳却不闻。——《圣经》

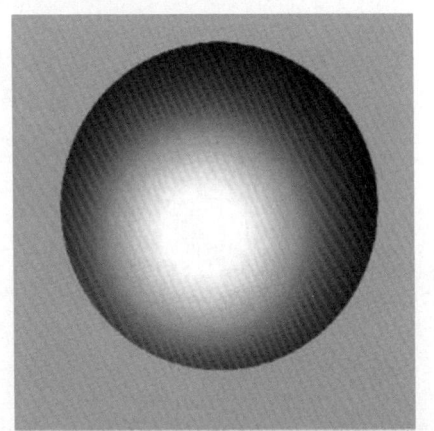

Thao, Michel and the spacecraft in the parallel Universe

涛，米歇和在平行宇宙中的飞船。

0 1 2 3 4 5 6 7 8 9

数字：每个符号的角的数目都与其所代表的数字相应。

例：1有一个角，9有九个角。

在澳大利亚，起源不定或未知的独特物种不仅有考拉、袋鼠、沙袋鼠等一些有袋目生物，还有一种神秘的生物叫 Xan-thorrhoea（"草树"）。

　　这种树很难由地球上的任何一种生物进化而来，因为它和我们在地球上所能发现的任何一种植物都没有亲缘关系。

　　而且，不止它的外形很奇特，它的树皮也十分罕见——质地感觉像软木塞，却有着一个类似蜂窝的结构。

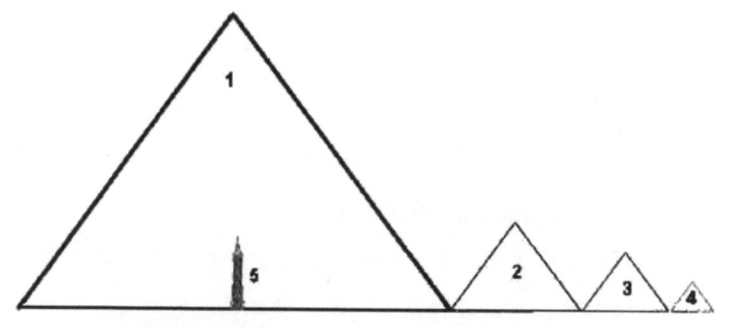

Pyramids - cosmic tools

1 - Pyramid on Mars
2 - Pyramid of Mu (Earth, Pacific, until 14,500 years ago)
3 - Pyramid of Atlantis (Earth, Atlantic Ocean, still on the ocean floor)
4 - Pyramid of Cheops, - the largest pyramid in Egypt
5 - Empire State building, New York 381 m

1. 火星上的金字塔

2. 姆大陆的金字塔(于14500年前消失)

3. 亚特兰蒂斯的金字塔(仍在大西洋的海床上)

4. 胡夫金字塔——埃及最大的金字塔

5. 纽约帝国大厦，高381米

"Pyramid"（金字塔）在希腊语——希腊字母是以姆大陆字母为基础的——中有一个意思，"Pyr"是"火"（就像在"pyrotechnic"（烟火）中一样），Pyramid的意思是着"凝聚着的火"，而现在我们则会说"聚集的能量"。

大金字塔（胡夫金字塔）是一个由托斯建于17000年前的宇宙工具，托斯是一位来自亚特兰蒂斯的伟人。建造过程中使用了电子超声技术切割石块，并通过电子重力起重机运输。如此，总质量高达20多万吨、经过精确切割的巨石从遥远的采石场运来，

3

并被十分细致地组装。整个过程没有使用灰浆，每块巨石的表面和边缘也没有丝毫损伤。

其余埃及金字塔的建造时间要比它晚得多，它们是在姆大陆和亚特兰蒂斯沉没后建的。祭司和当权者们滥用这项技术来提升他们的"自我"，并建设了许多无用的"坟墓"，使处在黑暗中的人们印象深刻（就像现在一样）。随着核动力起重机的力量减小，"坟墓"不得不被建得越来越小。最终，核燃料被耗尽，没人能再用它举起任何东西了……

在墨西哥、南美洲等地的金字塔有着和胡夫金字塔不同的作用，因此它们的形状不同。

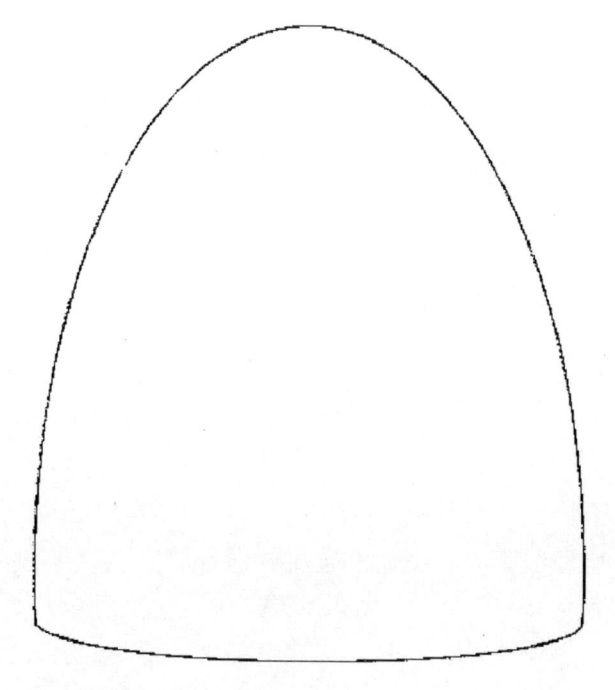

Thao and Michel in front of a DOKO - a force field building

  海奥华上的所有建筑都是力场建筑，它们无门无窗。当你进去时，它们会"消失"，使你可以尽情地欣赏风景，详见后文。

目 录

第一章
涛——外星人的神秘邀请 1

第二章
核毁灭 19

第三章
地球上的第一个人 40

第四章
海奥华金色的星球 65

第五章
学会在另一个星球上生活 80

第六章
七圣贤和辉光 93

第七章
姆大陆和复活节岛 112

第八章

探索灵球 129

第九章

我们所谓的"文明" 144

第十章

奇异的外星人和我的前世 158

第十一章

基督是谁？185

第十二章

不寻常的旅行 200

第十三章

回"家" 216

第一章

涛——外星人的神秘邀请

不知睡了多久，我突然醒了，是彻底地醒了——头脑清晰，感觉灵敏。可是，天啊，现在几点了？利娜正睡在我旁边，双手握拳，不过她睡觉一直那样……

我一点儿也不想再睡了，估计现在已是早晨五点了。我起床，在走向厨房时看了一下表，才夜里十二点半！我很少会在这个时间醒过来。

我脱下睡衣，穿上裤子和衬衫。为什么？我不知道。我也没法儿解释为什么我会走向书桌，找了张纸和圆珠笔后开始看着自己的手写字，就像它有了自己的头脑似的。

"亲爱的，我要离开十天左右，千万别担心。"

将纸条留在电话旁，我出门来到阳台，绕过阳台上的桌子，那桌子上还摆着昨晚的残局——棋盘上的白色国王静止在被将死的位置——悄悄地打开了那扇通往花园的门。

夜空呈现一种诡异的明亮，这种明亮显然和星光无关。我觉得月亮可能快要升起来了，便开始本能地去想今晚的月相——我生活在澳大利亚的东北部，这儿的夜空总是很明朗。

我下楼走向露兜树。一般在夜里的这个时候，我们都可以听到一场真正的"音乐会"，青蛙和蟋蟀叽叽喳喳，此起彼伏的旋律填满安静的夜晚。但让我纳闷的是，此刻的院中一片沉寂。

我还没走几步，藤树的颜色突然变了，房屋的墙壁、露兜树——一切都沐浴在了一片蓝色的光辉中。脚下的草坪在像波浪一样起伏，露兜树下的地面也是如此，藤树变得扭曲，而墙壁则像一张在风中飘荡的纸。

我开始觉得有些不对劲，于是决定赶紧回屋。就在这时，我发觉自己轻飘飘地离开地面：起初升得很慢，飞过藤树后就加快了速度。只见脚下的房子变得越来越小……

"怎么了？"我完全摸不着头脑，不禁喊了出来。

"一切正常，米歇。"

至此，我都相信自己是在梦中。一个相当高大的人站在我面前看着我，"她"身穿宇航服，戴着完全透明的头盔，友善地微笑着。

"不，你没有做梦。"她解答了我头脑中的困惑。

"是做梦，"我回应道，"因为在梦里总是这样——最终你会发现自己从床上掉了下来，头上还碰了个包！"

她微笑着。

"并且，"我继续说道，"你在对我讲法语，那是我的母语。可我们是在澳大利亚，你知道，现在我是说英语的！"

"我知道的。"

"这肯定是个梦——跟那些荒唐的梦一样。还有，就算这不是个梦，你在我家的院子里做什么？"

"我们不是在你家的院子里，而是在它的上方。"

"啊！这是个梦，我会掐一下自己，让你看看我是对的，"说着我真掐了一下自己，"哎哟！"

她又微笑起来："现在你满意了吧，米歇？"

"可如果这不是个梦，我现在为什么会坐在这块石头上面？那边那些打扮得像20世纪的人是谁？"

在乳白的光线下，我开始辨认着那些在交谈的人和在稍远处走动的人们。

"还有你，你是谁？你的身材怎么和我们不一样？"

"我的身材是正常的，米歇。在我的星球上，我们都是这样。一切都会正常起来的，我亲爱的朋友。我希望你不介意我这么称呼你，就算我们还不是好朋友，我相信我们很快就会是的。"

她站在我面前，微笑的脸上显露着聪慧，全身都散发着和蔼慈祥的气息。和她在一起，我有一种非常安心和平静的感觉。有生以来，我见过的人当中，还没有谁能让我感到如此安心。

"我的名字叫涛（Thao），但首先我想让你知道，从现在起，这一切都不是梦。的确，这是很不平常的事情。因为某种原因——这随后会对你解释的——你已经被选出来作一次旅行——对地球人来说，还没有几个人这么旅行过——特别是近一些时期以来没有。"

"我们——你和我，此时此刻正处在另一个时空——一个平行于地球物质空间的时空。为了使你和我们的这次旅行得以成功，我们用了一种'时空锁'（airlock）。此时，你的时间是相对静止的。在二十至五十地球年内，你将一直持续这样的状态，而在你返回时，你的年龄会和你离开时一样，完全没有改变。也就是说，你的肉体将保持丝毫不变。"

3

"可是这些人在干什么?"

"他们存在于这里,而且稍后你就会了解,可以预见这里的死亡率极低。他们仅会由于意外或自杀而死亡。时间对他们来说是凝固的。这里的一些男人、女人以及动物的年龄达到了三万到五万地球年甚至更久。"

"那他们为什么会在这里?他们是怎么到这儿的?他们在哪里出生的?"

"在地球上……他们到这里全是因为意外。"

"因为意外?你指的什么?"

"很简单,你听说过百慕大三角吗?"我点点头,涛继续说,"嗯,很简单,在那里,还有在其他一些不完全被知道的地方,这一层平行世界和你们的时空世界混在了一起,二者之间形成一个天然扭曲通道(warp)。

"离这个扭曲通道很近的人、动物乃至物体都会被完全吸入。比如,一支船队可以因为这个原因在几秒内消失。有时候,某个人或某些人会在几小时、几天或几年后返回你们的世界,但在更多时候,他们再也回不去了。

"当一个人真的返回并向人们提起他的经历时,绝大多数人都不会相信他——如果他坚持自己的说法,人们会认为他'疯了'。大多数情况下,在意识到自己在同类眼中的形象后,他便会绝口不提这种经历了。有时,返回的人会失忆,并且即使他恢复了一些记忆,那也不是关于平行世界的,对揭示真相毫无用处。"

"在北美,"涛继续道,"曾有一个进入平行世界的典型例子:一个年轻人在去离家数百米远的水井打水时彻底失踪了。大约一小时后,他的家人和朋友们开始去找他。这本该是件很简单的事,因为刚下了一场约二十厘米厚的雪,他们只需要跟着那年轻人所留下的脚印走就行了。然而,就在田野中央——脚印消失了。

"四周既无树木,也没有什么可供他跳上去的岩石——没有任何奇怪或异常,只是脚印消失了。有人认为他是被外星人攫走了,但事实并非如此——以后你会明白的。这个可怜人其实是被吸进了另一层空间。"

"我想起来了,"我说,"确有其事,但你是怎么知道这一切的呢?"

"以后你会明白的。"她神秘地说道。

我们的交谈被一群突然出现的人给打断了,他们太过奇特,以至于我又开始怀疑这一切到底是不是个梦——大约十二个男人,还有一个看起来像女人的人,从一堆离我们一百多米远的石头后面出现了。更奇特的是,那些人就像从记载着史前信息的书中走出来的一样:他们迈着像大猩猩的步子,手中挥动着现代人无法从地上拿起的巨棒。这些可怕的生物径直冲我们而来,像野兽似的咆哮着。我转身要逃,可我的同伴告诉我没什么好怕的,我只需站在原处。只见她将手放到腰间的扣子上,转身面朝来者。

我听到一连串轻微的咔嗒声,随后五个看起来最强壮的男人便倒地不动了,剩余的人全都齐齐地止住脚步,开始呻吟起来。他们拜倒在我们面前。

我又看了一眼涛,她像个雕像一样站着,神色凝重。她的眼睛正在盯着那些人,就像她在试图催眠他们一样。后来我得知,她那是在用心灵感应向对面的那个女人下达命令。突然,那个女人站了起来,并开始用一种喉音朝其余人下达命令——在我看来应是如

5

此。之后,那些人搬起尸体,背着它们朝着来的方向退回了。

"他们在干什么?"我问道。

"他们将用石头埋葬死者。"

"你杀死了他们?"

"我不得不这么做。"

"你说什么?我们真的有危险吗?"

"这是当然的了,那是一群在这里待了一万或一万五千年的人——谁知道呢?我们没时间研究那个,况且,那并不重要。但这更清楚地证明了我刚才对你讲的事情——这些人来到这个空间,他们就永远地生活在这里了。"

"太可怕了!"

"我同意,但这是自然法则的一部分,因而也是宇宙法则的一部分。此外,他们是危险的,因为他们的行为更像野兽而非人类。正如他们不能与这个平行世界中的绝大多数生物对话一样,我们和他们之间的对话也是不可能的。一方面,他们不能交流;另一方面,他们完全不明白自己是怎么了。我们刚才真的有危险,而且,如果真要说的话,我刚才实际上是帮了他们一个大忙——我让他们解脱了。"

"解脱?"

"别显得那么震惊,米歇。你很清楚我说的是什么意思。他们从肉体中解脱出来,现在可以像所有生命一样,依自然过程继续他们的轮回。"

"那么,如果我没理解错的话,这层空间是个受苦难的地方——像阴间(hell)或炼狱(purgatory)。"

"我还没意识到你是个宗教徒!"

"我这么比喻只是为了向你表明我在努力理解你的话。"我回答道,同时纳闷她怎么知道我是不是宗教徒。

"我知道,米歇,我只是开个玩笑罢了。你说它是一种炼狱也没错,不过当然了,它是很意外的存在。实际上,这是自然界的几个意外之一:白化病是意外,四叶苜蓿也可以被当作一个意外(正常为三叶——译注),你的阑尾也只是个意外。你们的医生仍然想知道它在人体中能有什么用,答案是没什么用。通常,在现在的自然界中,一切事物都有着明确的存在原因——这就是为什么我将阑尾也列在自然界的'意外'之中了。

"生活在这个世界的人无论在肉体还是精神上都不会有痛感。举例来讲,如果我打你,你不会感到痛,但如果这打击足够强,尽管你还是没有痛感,你依然会被打死。这也许会让你难以理解,但它就是这么回事。这里的这些人一点也不知道我现在给你讲的这些,好在他们会尝试自杀——但即便在这里,自杀也不是解脱的办法。"

"他们吃什么?"

"他们既不吃也不喝,因为他们感觉不到渴和饿。记住,时间在这里是静止的,连尸体都不会腐烂。"

"太可怕了!那么,能帮助他们的就只能是将他们杀死了?"

"你总结得不错,这是一种办法,还有另一种办法。"

"另一种是什么?"

"将他们送回他们本来的那个宇宙中去——但这会导致一系列巨大的问题。在这里,正如我说的,这些人已经待了成千上万年了。如果他们发现自己回到那个他们已经离开那么久的世界,会发生什么样的事情呢?"

"他们会发疯的，而且，他们什么也做不了。"她微笑着肯定了我的话。

"米歇，你的确是我们要找的务实的人，但别太早下结论——你还有很多东西要看呢。"

她将身子微弯好把手搭在我的肩上。虽然我当时并不知道她身高二米九——对一个人类来说可以算是高得超乎寻常了。

"凭我亲眼所见，我确定了我们选择你是正确的——你有一个开放的头脑，但我现在还不能为你讲明所有的事情，原因有两个。"

"请讲。"

"首先，现在解释还为时尚早。就是说在这之前，你必须先在某些领域获得更多的指导。"

"我明白——那第二个呢?"

"第二个原因是他们还在等我们，我们得走了。"

她轻轻一碰使我转了个身，随着她的视线望去，我吃惊地睁大了眼睛——在离我们约一百米的地方，有一个发着蓝色光辉的巨球，我在后来得知它直径七十米。它的光并不固定，而是在微微闪亮，就像一个人从远处看夏日阳光下的沙漠时所能见到的热雾一样。那球在离地约十米处"闪烁"着，它没有窗，没有门梯，也没有门，表面光滑得像个蛋壳。

涛示意我跟着她，于是我们就开始朝那机器走去。那一刻我记忆犹新——在我们走向巨球的那一小段时间里，我激动得无法控制自己的想法，一系列图像不断闪过我的脑海，就像在快进的电影一样。我看到自己在向家人讲述这次奇遇，还又一次看到我曾在报纸上读过的那些有关UFO的文章。

记得我想起自己挚爱的家人时，一种悲伤的情绪通透全身，我看到我像被套住的动物,并且我突然想到或许我再也见不到他们了……

"你完全没必要害怕,米歇,"涛说道,"相信我,你很快会再与家人团聚,而且身体也是健康的。"

我相信我的嘴一定是因为吃惊而张得老大,才逗得涛发出一种极优美好听的笑声,那笑声在我们地球人中很罕见。这是她第二次读到我的心念,第一次我还以为可能是个巧合,但这次却可以确定无疑了。

当我们离那球很近时,涛让我和她保持约一米的距离,面对面地站着。

"米歇,无论发生了什么,无论在任何情况下,不要找任何借口碰我,你明白吗?"

我着实被这正式的命令吓了一跳,但还是点点头。

她将一只手放在一个"系在"她左胸高度的"大奖章"上——我之前曾注意过它;另一只手握着一个从腰带上取下来的像大圆珠笔的东西。

她将"圆珠笔"朝我们头顶巨球的方向指去,我觉得自己看见它发出了一束绿光,但并不能太确定。之后,她将"圆珠笔"指向我,另一只手仍放在"大奖章"上,于是我们很容易就升向了那巨球的外壳。就在我确定我们要和它相撞时,一部分球壁缩了进去——就像一个巨大的活塞缩进气筒,一个高约三米的椭圆形入口出现了。

当我和涛在飞船内的一个着陆平台站好后,她就把手从"大奖章"上放下,并将"圆珠笔"扣回腰带,她动作娴熟,其熟练程度表明她经常这么做。

"来，现在我们可以互相碰触了。"她说道。

她将手搭在我肩上，领我向一个小蓝灯走去，那灯的光线太强了，我只能将眼睛半闭，我还从未在地球上见过类似的蓝色。当我们几乎就在这灯下的时候，它所在的那面墙就"让我们通过了"——这是我唯一想得出的描述方法，因为按照这位导师领我前进的方式，我可以发誓我头上肯定会撞出个大包，但我们穿过了墙——就像幽灵一样！我脸上的震惊使涛开怀大笑，这让我感觉好多了，我记得那笑声——清风拂面一般，让我每次感到不自在时都能平静下来。

我以前常和朋友们讨论"飞碟"，而且相信它们确实存在于现实中——但当你真的面对现实时，你头脑中的问题会多得像要爆炸似的。当然，我的内心是高兴的，从涛对我的态度来看，我觉得我没必要担心，可她并不是独自一人，我担心的是其他人会怎么样。尽管这场奇遇很吸引我，但我还是忐忑不安，不知能否再和家人团聚。他们似乎已经离我很远了，而就在几分钟前，我还在自家的花园里。

现在，我们正在一个隧道样走廊的平面上"滑行"，它的尽头是一个小房间，其墙壁是极亮的黄色，那亮度使我不得不闭住双眼。房间的墙壁形成了一个拱顶——我们就和处在一个倒扣的碗中一样。

涛给我戴上了一个由透明材料制成的头盔，我睁开一只眼，发现我能睁开眼了。

"你觉得怎么样？"她问道。

"好多了，谢谢你，但那光——你怎么能受得了它？"

"它不是一种光，它只是这个房间里墙壁目前的颜色。"

"为什么是'目前'?你带我来是为了重新给它刷漆吗?"我开玩笑道。

"没有油漆,米歇,那只是振动。你还以为是在你的地球世界,可其实并不是。你现在是在我们的一艘超远程宇宙飞船中,它能以数倍于光速的速度飞行。我们要出发了,你能不能躺在这张床上?"

房间中央有两个盒子——看起来更像两个没盖的棺材。我躺进其中一个,涛躺进另一个;我听到她在用一种很悦耳的声音说话,虽然我听不懂。我想将身子抬起一点,却不能——我被一种不知是什么的无形力量固定了。黄色逐渐从墙上消失,取而代之的是亮度不减的蓝色。这"油漆活"又干了一次……

房间的三分之一忽然变暗了,我注意到许多小灯在像星星一样闪烁。黑暗中,涛的声音十分清晰:"这些是星星,米歇。我们已经离开了那层奇怪的时空,也要离开你们的地球,我们要带你去参观我们的星球了,所以地球会离你越来越远。我们知道你会对这次旅行十分好奇,但为了你的健康着想,出发将十分缓慢。我们可以看着眼前的屏幕。"

"地球在哪儿?"

"我们还看不到它,因为我们还在它正上方约一万米处……"

突然,我听到了说话声,听起来像是涛刚才说过的那种语言。在涛做了简短的回复后,那声音又用法语——地道的法语(尽管那音调更多是悦耳而非正式的)——欢迎我登上飞船。这很像地球上航空公司的"欢迎乘坐本公司航班"。我记得自己当时觉得那很有趣——虽然知道我正处在不寻常的环境中。

同时,我感到一丝非常轻的空气流动,然后就凉爽了起来,就像开了空调一样。景色开始飞速地变化：屏幕上出现了一个天体，那应该就是太阳。最初，它好像贴着地球，准确说是南美洲的边上（这是我稍后发现的）。我又在怀疑自己是不是在做梦了。美洲一点一点在缩小；澳大利亚还看不见，因为阳光还没照到那里。现在可以辨出地球的轮廓了，我们似乎在绕着地球北极上空的一个地方飞。在那儿，我们改变了方向，以一种不可思议的速度离开了地球。

我们那可怜的地球变得像个篮球，然后像台球，直至完全消失。最后，整个屏幕都充满了宇宙空间那黑黝黝的蓝色。我将头转向涛的方向，希望她能给我更多讲解。

"你喜欢这样吗？"

"好极了，但太快了——能以这么高的速度飞行吗？"

"这不算什么，我亲爱的朋友，我们'起飞'得非常轻柔，只有从现在起我们才是全速飞行。"

"有多快？"我打断她的话。

"比光速快数倍。"

"比光速快数倍？那是多少倍？太不可思议了！光障怎么办？"

"我明白这对你来说显得难以置信，就算你们的专家也不会信——然而，这是事实。"

"你说比光速快数倍，那是几倍？"

"米歇，在这趟旅程中，许多事情将会特地展示给你——许多事情但也有一些细节是不能让你知道的，我们飞船的准确速度就是一例。很抱歉，因为我也理解当你的好奇心不能被全部满足时的失落感，但你以后将会看见并学到非常多的新奇事物。所以，当有些事情不能让你知道时，请你不要太介意。"

她的态度表明这件事到此为止,我也就没有再坚持,觉得再问就有些无礼了。

"看。"她对我说。

"那是什么?"

"土星。"

如果我的描述不像你们所希望的那么详细,请读者一定原谅我。但必须要说一下的是,当时我还没有完全恢复所有的感觉,在这么短的时间里看到这么多新奇的事物,我实在是有些"晕"了。

随着我们的接近,这著名的土星在屏幕上迅速变大。它的颜色实在是太美了——我在地球上所见过的任何事物都不能与之相比。它有着黄色、红色、绿色、蓝色和橙色——每种颜色中都有着无数的细小差异,它们在那里融合、分离、增强、变淡——形成了那著名的土星光环。

这绝妙的奇观在屏幕上占的面积越来越大。

意识到我不再受那力场束缚后,我就想摘下我的面具以便去更好地看那色彩,可涛示意我别动。

"它的卫星在哪儿?"我问道。

"你可以在屏幕右边看见两个,它们几乎挨在了一起。"

"我们离它多远?"

"大约六百万公里,或者更远,控制台那边知道准确数据。要我估计得更准确,我得知道我们的摄像机现在镜头的焦距有多大。"

突然,土星从屏幕左侧消失了,眼前又一次布满了宇宙空间的"颜色"。

我觉得就是在那时,我感到了一种前所未有的得意——因为突然想到自己正在经历一场非同寻常的旅行。为什么会是我？我从未祈求过这些，也没想过此生居然能有机会（试问谁敢期望呢）踏上这样的探险之旅。

涛站了起来："你现在也可以这么做了，米歇。"我依言照办，于是我俩再次一同站在了房间中央。直到那时，我才注意到她已经不戴头盔了。

"能不能为我讲一下，"我问道，"为什么刚才咱俩在一块时，你一直戴着一个头盔而我不用，结果现在我戴着一个，但你却又不戴了？"

"这很简单，我们星球的细菌种类与地球上的不同；就我们而言，地球就像一个真正的细菌培养基。所以，为了与你接触，我必须采取这项基本防护。对我们来说，你本人也曾是危险的，不过现在已经不是了。"

"我没明白你在说什么。"

"当你进入这个房间时，墙壁的颜色对你来说太强了，所以我给了你你现在戴的这个头盔——它是专为你设计的。实际上，我们能够估计到你的反应的。

"没多久，房间的颜色由黄变蓝，那是因为你身上百分之八十的细菌都被杀死了。之后，你感觉到一股冷空气，像空调一样，那是又一种消毒。其机理就是应用放射线（radiation），虽然那不是准确的术语——因为这没法翻译成任何一种地球语言。这样，我就被百分之百消毒了，而你身上却仍有相当多足以对我们造成极大危害的细菌。我现在给你两粒药丸，三小时之内，你就可以认为和我们一样'纯净'，成为我们的一员了。"

她一面说着，一面从她位置旁拿出一个小盒子，从里面取出药丸和一个装有某种液体的试管（我想那试管里装的是水），并把它们递给我。我抬起头盔下端把它们都服了下去，之后……哎呀！每件事都发生得太快，而且全都变得非常奇怪。

涛把我抱到铺位上，拿下我的头盔。这是我从离我身体二到三米远的地方看到的！我能想象出这本书里的某些事情对没有思想准备的读者来说会是匪夷所思的，但我的确是在不远处看着我的身体，而且我能够仅凭意念就在房间里移动。

涛说道："米歇，我知道你能看见我并听到我说的话，但我不能看见你，因此我没法在讲话时看着你。你的灵体（Astro-body）已经离开了你的身体，不用担心，这并不会有危险。我知道这对你来说是第一次，有的人确实会感到害怕……

"在那两粒特殊的药物中，一粒是为了清除你体内所有对我们有害的细菌，另一粒是使你的灵体离开你身体——这将持续三小时，也就是给你消毒的时间。这样，你就可以参观我们的飞船了，既不能给我们带来感染的风险，也不会浪费时间。"

听上去虽然奇怪，但我却觉得顺理成章。我跟着她，这样实在是妙极了：每当她穿过一个房间来到下一个房间的镶板门前时，镶板都会自动滑开；我和她保持一段距离，每次，如果那门在我经过之前就关闭了——我仍然能径直穿过它。

最后，我们来到一间直径约二十米的圆形房间，那里至少有十二名"宇航员"——全是身材像涛一样的女性。涛向其中四人走去，她们分别坐在巨大的，看起来很舒适的椅子上。这些椅子围成了圆圈。

当她在一张空椅子上坐下后，那四个人都转头看向她，脸上带着询问的表情。她好像乐意让她们等一会儿似的，但最终她还是开口了。

我又一次听到了那种令我陶醉的语言——那半谐音的发音我还是第一次听到，对我来说非常新颖，而且音调是那样的悦耳动听，就像是在唱歌一样。她们看起来都对涛的报告极感兴趣，我想她们是在讨论我，我猜对了——我是她们这次任务的主要目的。

当涛停止发言时，她们就开始了一连串的发问，又有两个宇航员也加入进来，讨论气氛越来越热烈。

她们的谈话我一句也听不懂，同时我看到有三个人坐在一个显示出色彩较为逼真的三维图像的屏幕前，于是我靠近那里，发现这个房间是飞船中心控制室。我的隐身使参观更为有趣：每个人都能做着自己的工作，不会因我的存在受到干扰或是分散注意力。

在一个比其他屏幕都大的屏幕上，我看到许多小光点——有大有小，有亮有暗，而且都持续地朝恒定的方向移动，有些移向屏幕左侧，有些移向右侧。当它们在屏幕上变得越来越大，速度也就变得越来越快，并最终从屏幕上消失。它们的颜色非常鲜亮，极为漂亮，从淡淡的光辉到明亮的黄色，就像我们的太阳一样。我很快就意识到它们是许许多多的行星和恒星。我们正航行在它们中间。它们无声穿过屏幕的过程深深吸引了我。我说不出我欣赏了它们多久。突然，一个柔和而威严的声音响彻船舱，同时许多灯也开始闪烁起来。

宇航员们的反应很迅速，那些在与涛谈话的人都立刻返回各自的控制台前。她们的椅子好像是专人专用的，每个人都在全神贯注地盯着眼前的屏幕。

在这些大屏幕的中央，我开始看清一个很难用语言描述的巨大物体，硬要说的话，它是一个圆形的蓝灰色的物体，只见它静止在每个屏幕的中央。

房间里鸦雀无声,众人的注意力都集中在三名正控制着一些长方形仪器的宇航员身上,那些仪器有些像我们的电脑。

突然,在一块儿我以为是墙的巨大区域上,我震惊地看到了一幅纽约的图像——不!那是悉尼,我对自己说道,但那桥却不一样……那是座桥吗?

我惊讶得立马去问刚好站在我身边的涛,然而我却忘记了——我已不在我的肉体中,没人能听到我说话。我能听到涛和其他人对那图像的评论,但由于不懂她们的语言,我还是什么都不明白。不过我确定的是,涛并没有欺骗我,就是说我们确实是离开地球了。这位向导曾告诉我我们是以数倍于光速的速度飞行……而且我看见我们经过了土星,还有之后那些我认为是行星和恒星的天体——我们真的回来了吗?为什么?

涛大声讲起了法语,于是所有人都将头转向她的方向。

"米歇,我们现在停在了阿瑞姆X3星球的上空,它差不多比地球大两倍,而且它就像你可以在屏幕上看到的,很像你的地球。

"我现在无法给你详细讲解我们目前的任务,因为我也得参与操作,但我会在之后给你讲的。为使你不致有太多困惑,我可以告诉你我们此行的目的与你在地球上知道的核辐射有关。"

所有人看起来都在全神贯注着:每个人都明确知道自己该在什么时候做什么事。飞船静止不动,巨大的屏幕上显示出一个城市中心的图像。读者应该了解,这个大屏幕其实和一个巨大的电视屏幕差不多,只是上面的图像太真实了——就像我们正在从一栋高楼的窗户里向外看似的。

我的注意力被吸引到另一个稍小的屏幕上,它由两个宇航员监视着。我可以在这个屏幕上看到我们的宇宙飞船，它和我在平行世界时见过的一样。在我看着的时候，我惊讶地发现一个小球正从飞船的中部稍下方射出，就像母鸡下蛋一样。一出来，它就向着下方的星球加速飞去；当它从屏幕上消失后，另一个小球也同样被释放出去。接着是第三个。我注意到这些小球都分别被不同组的宇航员用面前的屏幕监视着。

现在，这些小球的下降可以直接在大屏幕上看到了，它们与飞船之间迅速增加的距离本该使它们很快就看不见，但它们一直显示在屏幕上，我由此推断这摄像机一定有极强的变焦能力。确实，它的变焦能力太强了，以至于之前那两个小球分别从屏幕的右边和左边消失了。我们现在只能清楚地看见中间这个小球下降到地面的过程，它停在了一个巨大广场的中央，广场的周围有许多公寓建筑。只见它悬浮在那里，就像被吊在了离地几米远的地方。另两个小球也被以同样的方式监视着，其中一个在一条穿过城市的河流的上方，另一个悬浮在城边一座小山的上空。

出乎意料的是，屏幕上出现了一幅新图像——现在我可以清楚地看到那些公寓的大门，或更准确地说是门廊，因为在那些本来应该是门的地方现在是一些裂口。我还清晰地记得，直到那时，我都还没有意识到这座城是多么的古怪……一切都是死静不动的……

第二章

核毁灭

屏幕上的图像可以用一个词来描述——废墟。一片"土堆"杂乱无章地分布在我们观察到的一段段街道上。一般它们是一个挨着一个,有些单独散落出来,还有些位于建筑的入口中间。不知不觉中,镜头拉近了,接着我很快就发现这些"土堆"原来是运载工具——一些在外形上有些像平底船的运载工具。

在我四周,宇航员们正在注视着她们的工作台。每个小球都伸出一个缓慢降向地面的长管,管子的一端在碰到地面时扬起了一小团尘埃,我由此意识到那些车上也覆盖着一层厚厚的灰尘,使它们的形状变得模糊难认了。河流上方小球的管子当然就伸进了水里。现在,我的注意力完全集中到了屏幕上,因为那场面太妙,引人入胜——你会感觉自己就像在那条街上似的。

我特别注意了一下一栋大楼入口处的阴影,我敢说那里有什么东西在动……

同时,我也感到了宇航员中有一阵骚动。突然,随着一阵震动,那"东西"出现在了视野中。我被眼前的景象吓了一大跳。至于我的"女主人"们,除了一些轻微的感叹和更快的交谈外,我得说她们看起来并不怎么吃惊。尽管我们可以十分清楚地在屏幕上看到一只可怕的蟑螂，它约有两米长，八十厘米高。

读者肯定曾有几次在碗柜和潮湿处见过这种地球上的虫子，特别是在天气炎热时。你会认为它令人生厌，但它们中长度最大的也没超过五厘米。所以，现在按我刚才所说的尺寸想象一下，你就会明白它是多么让人恶心。

小球开始收回管子，但就在管子刚离地一米时，那生物突然向正在动着的管子冲来。不可思议的是，大楼下面又冒出一大群蟑螂时，它们一个压着一个地蜂拥而出，小球又停了下来。就在那时，小球发出一束强烈的蓝光扫过虫群，立刻将它们分解成了炭末。只见一团黑烟遮住了大楼的入口。

我更好奇了，看了一下另几个屏幕，不过它们都显示一切正常。河流上方的小球正在向我们返回。山上的那个小球收回了它的管子，稍稍升高后又将管子同它顶上的第二个圆筒放了下来。我猜宇航员们应该是在采集土壤、空气和水的样本。由于处在灵体状态，我没法问涛任何问题，她一直在和另外两个宇航员讨论着。这些小球开始快速向我们飞来，很快就到了准备被飞船"回收"的状态。

当操作都完成后，涛和那两个宇航员就将座位一转，背对着她们各自的操作台。随后，屏幕上的图像一下全变了。

我意识到当所有人都坐稳时，我们就要出发了。令我好奇的是，所有宇航员的坐姿都差不多。后来我得知这是因为一个力场将她们固定住了，就像在地球上我们用安全带固定一个特技演员一样。

阳光透过一片红色的雾气照在星球上，我们就在那时起飞了。我觉得我们是在一个恒定高度绕着这个星球飞行。其实，我可以看见我们正在飞过的一片沙漠样区域，干枯的河床在上面纵横交错，有些交成了直角。我想它们可能是运河，或至少经过了人工修建。

大屏幕上出现了一个显然是完好的城市，接着它消失了，屏幕也变为一片空白。飞船明显在星球上空提高了速度，因为小屏幕上显示出的一个湖泊或内陆海直接一闪而过。突然，我听到了几声感叹，接着飞船就立刻减速了，再次打开的大屏幕显示出一个湖的特写画面，我们停了下来。

我们可以清楚地看到一段湖岸，还可以看见在岸边一些巨石后面的立方体建筑，我想那大概是住所。飞船一停，那些小球就又像刚才那样开始工作了。

一个停在湖岸上方约四十到六十米的小球传回了一些非常好的图像，它的管子直接延伸到了岸上。一幅传回的画面上十分清晰地显示了一群人……的确，乍一看，他们和我们地球人一样。

我们可以很清楚地观察他们：屏幕中央显示出一个女人的脸，我看不出她的年龄；她有着棕色的皮肤，长发垂胸。从另一个屏幕上，我可以看到她一丝不挂，似乎只有脸是畸形的——她是个先天性愚型患者。

当我看到她时，我并没有意识到她是个残疾人，我想当然地以为我们遇到了一个和我们稍微不同的人种——就像科幻小说作家喜欢描写的那样——都是畸形的，有着大耳朵或诸如此类的特征。然而，从别的屏幕上观察时，我发现他们不论男女看起来都像大洋洲东部的波利尼西亚人（Polynesian）；不过他们中明显有超过半数的人不是身有残疾，就是看起来像被麻风病侵蚀过。

他们正在看向小球，并冲它打着手势，显得极为激动。越来越多的人从那些立方体建筑中冒了出来，看来那的确是他们的居所。在此我想对它们稍加描述：

这些建筑很像"二战"时的"掩体"，上面还加有非常粗的，看起来只高出地面约一米的烟囱，我猜那是为了通风的。这些"掩体"的朝向和结构千篇一律，人们从它位于阴面的开口出来……

毫无预兆地，我发现自己被从后面拉离了屏幕，在飞快地穿过好几面墙后，我意识到自己又一次回到了身体所在的那个消毒间铺位上，跟我刚离开它时一样。

四周突然漆黑一片，之后那不舒服的感觉我记得清清楚楚！四肢就像灌了铅一样，当我试图移动它们时，感觉自己就像瘫痪了似的。我不明白是什么让我动弹不得，不过我得承认当时我多少是有些慌了，迫切希望自己还可以再次离开我的肉体，但我却怎么也做不到。

不知过了多久，房间里渐渐充满了非常祥和的蓝绿色光。最终，涛进来了，我发现她换了一身衣服。

"抱歉让你久等了，米歇。但在你的肉体召回你之前，我实在无能为力。"

"没关系，我完全理解，"我打断道，"但我觉得我出问题了——我动不了了，我敢肯定我体内有什么东西连不上了。"

她微笑着将手放在我身旁，显然是在操纵一个控制装置，之后，我立刻就自由了。

"我对你再次深表歉意，米歇，我本应给你指出安全束的控制按钮在哪。这装置装备在了所有的椅子、床和铺位上，一旦坐或躺着的人有一点面临危险的可能，它们就会自动启动。

"当飞船到达一个危险区域时，三台安保电脑就会将力场闭合——这是它们的正确叫法,当危险消失时,它们会自动解除力场。

"同时,如果我们真想在一个相当危险的区域解除固定,或仅仅只是换个姿势,我们可以将一只手乃至一根手指放在控制钮的前方,力场就会立刻消失。当我们回到座位上时,它会再次自动将我们固定。

"现在,我要你去换一下衣服——我会告诉你在哪儿。你将在那个房间里看见一个开着的盒子,你就把你身上除了眼镜之外的全部衣物放进去。那里有一套衣服,换上它再回到我这儿来。"

我浑身十分僵硬,涛弯下腰,拉着我的手帮我站了起来。我走进她所指的那个小房间,脱光后穿上了那套衣服。让我惊讶的是,尽管身高一米七八的我和我的女主人一比就是个矮子,那套衣服却十分合身。

一会儿后,我回到房间,涛递给我一个手铐样的东西,细看才发现它原来是一副巨大的眼镜。

它有点像颜色很深的摩托车护目镜,我按照她的要求戴上了。但我得先取下我的眼镜,不然它会被这个大家伙压碎的,这副眼镜正好适合我眼窝的形状。

"最后一道防护。"她说。

她抬手指向隔墙,以某种方式激活了一个装置,因为那强光又出现了,而且尽管戴着那深色的护目镜,我还是感觉光线很强;我又一次感到了冷气流。

光灭了,气流也感觉不到了,但涛没动,看起来像在等什么。最终,在听到一个声音后,她拿下我的大护目镜。在我再戴上自己的眼镜后,她就让我跟着她。我们走过上一次我的灵体跟着她走过的那段路，又来到了控制室。

涛迅速将我领到屏幕前面的座位并让我待在那儿。一个年纪更大的宇航员（我在这里说年纪更大，但我可能更应该说"更严肃"，因为她们的年龄好像都一样）向涛打了个手势，只见涛很快就和她的同事一起工作了，可见她们很忙。

而我开始检验自己是否真的能解除力场。一坐下，我就被完全固定在了座位上——这种感觉我可一点都不喜欢。

稍微动动手，我发现只要将手放在控制钮前方，我就可以立刻解脱出来。

从屏幕上的一个图像可以看见大约五百人正站在岸边离"掩体"很近的地方。由于摄像机强大的聚焦能力，我们可以很清楚地看见这些人，他们无论长幼都是裸体；我还又一次看见他们中的很多人不是残疾，就是身上有着可怕的伤口。他们都在向着正采集沙砾和土壤样本的小球打手势，但没人靠过来。其中看起来最强壮的一群男人手里拿着似乎是南美印第安人的那种弯刀或军刀样的东西。他们似乎在观察着什么。

我感觉肩膀一沉，惊讶地转头一看，原来是涛，她正在微笑地看着我。我清楚地记得那是我第一次欣赏她那讨人喜欢的、美好而高贵的面容。

我之前已经提过她有一头金黄色的柔顺秀发，头发垂到肩上，完美地衬托出椭圆的脸形。她前额很宽，而且稍微向前突出。

她那蓝紫色的眼睛和又长又翘的睫毛会让我们地球上的许多女人羡慕，像海鸥翅膀一样上扬的眉毛更是为她增添了一种独特的魅力；在眼睛下边是发亮的，有时看起来蛮有趣的鼻子，她的鼻子十分匀称，底部略微平坦，正好衬托出性感的嘴唇；她微笑的时候会露出完美的牙齿——完美到能让人以为那是假牙（这真使我感到惊奇）；她的下巴形状不错，但稍有棱角，多少显出一些男性化的坚毅气质，但这丝毫没有减少她的魅力；上嘴唇上有一缕淡淡的胡须，还好是金黄色，不然这张完美的脸就该被破坏了。

"我发现你已经学会如何解除力场了，米歇。"

我刚要回答，一阵几乎来自所有人的惊叹将我俩的视线吸引到了屏幕上。

湖边的人群正如潮水般向住处退去，只见他们十分匆忙地钻到下面。同时，手持军刀或镐的男人们站成一排，面对着一群我从未想象过、最难以置信的"东西"。

一群红蚁——每只都有一头奶牛那么大——从岩石后面冲向沙滩，它们的速度比疾驰的马还快。

那群手持武器的男人频频回头，似乎是在比较身后逃向避难所的人们和这些红蚁之间的速度。红蚁已经近了——太近了……

男人们勇敢地面向它们，仅一秒的停顿后，第一只红蚁就开始了攻击，我可以清楚地看见它的大颚——每个都有男人的一只胳膊那么大。最初攻击的那只红蚁虚晃一枪，使一个男人砍向它的军刀劈空，随后它的大颚就立刻环住了他的腰，明显将他切成了两半，另外两只红蚁帮着将他撕碎；而其余的红蚁则散开追击那些慌张逃离的战士，很快就接近了他们——太快了……

就在红蚁要追上他们时，一束强得让人难以忍受的电蓝色光自小球射出。只见那些红蚁一个接一个地被它杀死，其精准程度，效率之高，都令我叹为观止。弯曲的烟雾从那些胡乱倒地的红蚁的焦肉上升起，它们的巨腿剧烈地抽搐着，还在做最后的挣扎。

光束持续地消灭着红蚁，只见它迅速而有条理地摧毁了这些巨大的昆虫——它们本应知道,自己是无法和这几乎是超自然的力量匹敌的,应该赶紧逃掉。

这一切都发生得如此迅速,涛仍在我身边,面露厌恶和悲伤,却没有愤怒的表情。

我再看屏幕时又出现了一幅新图像——小球在追踪仓皇退却的红蚁,不仅是用摄像机,而且还有致命的光束。剩下的我估计数目在六七百只的虫子也全被消灭了,无一生还。

小球返回之前它在沙滩上的位置,伸出一个特殊的工具在尸体中仔细地搜索着。我看到一名坐着的宇航员在对她工作台前的电脑讲话,这促使我问涛是不是她监管着现在进行的工作。

"此刻是这样,因为这个任务并不在既定的计划中。为了研究它们,我们在采集这些生物的标本,特别是几片肺的。我们认为是某种辐射诱发了这种变异形态的生物。实际上,蚁类是没有肺的,而它们突然巨型化的唯一合理解释就是……"

涛顿了顿,摄像机又传回一幅图像,图像上一些再次钻出掩体的男人在朝小球拼命做动作:他们张开双臂,拜倒在地。只见他们不断重复着这个动作。

"他们能看见这艘飞船吗?"我问道。

"不能,我们位于四万米的高空,更何况现在在我们和地面之间还有三层云,不过他们能看见我们的卫星,所以我想他们是在对卫星做出感激的行为。"

"他们可能把小球当成了一个将他们从毁灭中解救出来的神?"

"很有可能。"

"你能告诉我现在发生了什么吗?这些人是谁?"

"给你讲解会花上很长时间,米歇。不过,尽管现在飞船里还有很多活动，我还是可以简单说说来满足你的好奇。

"在某种程度上，这些人和现在仍生活在地球上的一些人有着共同的祖先。实际上是：大约二十五万地球年前，他们祖先中的一群人在地球上的一个大陆定居了。他们在那里曾拥有过非常先进的文明，但由于他们之间出现了巨大的政治隔阂，最终在一百五十年前用核武器毁灭了自己。"

"你是说——一场全面的核战争？"

"是的，由连锁反应导致的。为了研究不同地区残留的放射强度，我们经常来采集样本，有时，也会像刚才那样帮助他们。"

"不过在像刚才那样做了之后，他们肯定会把你们当成上帝的！"

涛微笑着点点头，"啊，是的，那当然是真的。米歇，他们把我们当成神，正像你们在地球上的某些祖先也把我们当成了神一样。至今，有些人仍在谈论着我们……"

我肯定表现得极为惊讶，因为涛对我一笑，显得蛮开心似的。

"我刚给你说我的解释多少是很简单的，我们将有足够的时间再来谈这个话题的，而且，这也是你为什么现在和我们在一起的原因。"

接着她说了声抱歉，然后就回到她在一个"工作台"前的位置去了。屏幕上的图像正在快速变化，小球正在上升；现在可以鸟瞰整个大陆，我在上面注意到了几处绿色和棕色的斑块。在小球又一次返回后，飞船就离开了。

我们在星球上空以一种极快的速度飞行，于是我便让力场将自己固定在扶手椅上。

屏幕上出现了一个巨大的海面，我能分辨出一个岛屿，它在

27

屏幕上增大得很快。它看起来并不很高，但对我来说很难估计它的方向。我们停在海岸上空，所有以前描述的小球采样过程又被重复了一遍。这次，有四个小球离开飞船向岛屿降了下去。我可以从屏幕上看见摄像机正在扫描的一个海滩。

水边放着看起来像厚板的东西，它四周围着一群赤裸的男人，他们和我之前看到的那群人是同一个人种。他们似乎并没有注意到小球，我觉得这是由于这次小球停在了更高处，不过我们在屏幕上看到的却一直都是特写镜头。

现在，我们可以在屏幕上看见那些男人正将一块厚板搬入水中，它浮在水面上，就像用软木造的一样。他们撑身爬上厚板，熟练地划动大桨让厚板驶入大海。在离岸很远后，他们扔出了钓线，随后——令我惊讶的是——他们几乎是立刻就把一条看起来很大的鱼拉出了水面。

我们不仅能够看到这些人如何求生，还能像神明一样帮助他们，这真是太有意思了。

我解除了自己的力场，打算去研究一下其余屏幕接收的不同图像。就在我刚要从座位上起身时，我在没有听到一丝声响的情况下收到一个命令："待在那别动，米歇。"我蒙了——这声音就像是从我脑海中发出的一样。我将头转向涛那边，她正在冲我微笑。我打算拿别的想法再试验一下，于是尽可能努力地想道："心灵感应很棒，对吗，涛？"

"当然了。"她用同样的方式答道。

"好极了，你能告诉我现在下面的温度是多少吗？"

她查看了一下她工作台上的数据："你们的摄氏二十八度，白天的平均温度是三十八度。"

我暗想，即使我是个聋哑人，也可以像用唇语一样十分轻易地和涛交谈。

"确实如此，亲爱的。"

我有些吃惊地看向涛，我只是在心里想了一下，她就读懂了我的心思，这使我有些不安。她对我大方地笑了笑："别担心，米歇。我只是在和你玩而已，如有冒犯还请你原谅。

"正常情况下，我只会在你问我问题时才读你的想法，刚刚我只是想展示一下在这个领域有哪些是可能的，我不会再这么做了。"

我也冲她微笑了一下，并重新将注意力移回屏幕。现在我可以在上面看见一个在沙滩上的小球，它离一群男人很近，但他们似乎并没有注意到它。这个小球正在一个距他们约十米远的地方移动采集样本，通过心灵感应，我问涛为什么这些人看不到它。

"这是在晚上。"她回答道。

"晚上？那我们怎么能看得这么清楚？"

"特殊的摄像机，米歇，有些像你们的红外线。"

现在，我才明白为什么图像不如之前那么"亮"了，不过，特写画面还是十分清晰。就在这时，屏幕上出现了一张明显属于女性的脸。真是太可怕了——这可怜的人儿，在她本该是左眼的地方有一个巨大的、很深的伤口，她的嘴偏到脸的右侧，看起来就像下巴中间一条细细的小开口，周围的嘴唇似乎都粘在了一起；头顶上一小撮头发可怜地垂着。

我们现在可以看见她的乳房，如果不是其中一个的边上有着化脓的伤口，它们本应是很美丽的。

"有着那样的乳房，她一定很年轻了？"我问道。

"电脑显示她十九岁。"

29

"因为放射性辐射？"

"当然。"

其他人出现了，有的外表完全正常。其中有一些看起来二十多岁的男人，他们有着健壮的体格。

"你知道最老的有多少岁吗？"

"我们至今还没有超过三十八岁的纪录，在这个星球上，一年等于295个27小时的天。如果你现在看屏幕，你可以看见那个英俊、健壮年轻人生殖器的近镜头。如你所见，他的生殖器是完全萎缩的。根据以往的考察，我们发现真正有生殖能力的男性数量很少，但儿童的数目却有很多。由于所有物种的生存本能都是尽快繁衍后代，因此，直截了当的办法就是让那些有生育能力的男人成为种马，我想这个男人肯定是其中之一。"

的确，从身体特征上看，现在屏幕上显示的那个约三十岁的男人显然具备繁衍后代的能力。

我们还能看见许多孩子，他们走到火堆边，围着火堆打转，火上正做着饭。

围坐在火堆旁的男人和女人们正在拿出做好的食物块分给孩子们。那火应该是木柴火，但我不能确定，因为燃料的形状更像石头。

火堆后面，之前见过的像船一样的厚板被堆在一起，搭建成一些看起来蛮舒适的避难所。

摄像机的拍摄范围内看不到树——也许它们的确存在，因在我们飞越大陆时，我曾注意到一些小块绿地。

一些小黑猪在两个小屋之间出现了，它们被三只兴奋的黄狗追赶着，很快就在另一个小屋后面消失了。我惊呆了，并又开始不由自主地怀疑自己是不是真的在俯视着另一个星球。这些人看起来像我一样——或者更像波利尼西亚人——并且这儿还有狗和猪，这一切都使我越来越惊讶了……

返回指令已经下达。这个小球开始返回了，其他的自然也一样，不过它们是被一些从我那里很难看见的屏幕监视着。像从前一样，所有的小球都被安全收回。

我觉得我们又要启程了，于是就找了个舒服的姿势坐在椅子上，然后让力场将我固定住。

一会儿后，这个星球的恒星出现了，一共有两个[①]。之后，就像我们在离开地球时见过的那样，一切都飞快地缩小了。过了似乎很短的时间后，力场解除了，我知道自己可以自由离开我的椅子了，这感觉不错。我注意到涛正在和她的两个"年龄最大的同伴"——如果我可以这么形容的话——向我走来。于是我静立在椅子旁，面朝着三位宇航员。

要看涛，我就已经得抬起头了，可当她用法语向那两位"年龄较大的"宇航员介绍我时，我感觉自己更矮小了——后者直接比涛高出了一头。

但当她，毕阿斯特拉（Biastra）开口对我讲起缓慢却标准的法语时，我彻底震惊了。她将右手放到我的肩上说道："很高兴欢迎你来到我们的飞船，米歇。希望你一切顺利，希望以后也是如此。请允许我介绍拉涛利（Latoli），她是我们飞船的副船长，我则是可以被你称为阿雷特拉[②]的'船长'。"

[①] 即这个恒星系是双星恒星系。
[②] 在他们的语言中，阿雷特拉是超远程宇宙飞船的名称。

她转向拉涛利，用她们的语言说了几句话，于是拉涛利也将手放在我肩上，热情地微笑着，她缓慢地将我的名字重复了好几次，就像一个在说一种新语言时有困难的人一样。

她的手停留在我肩上，然后一种幸福的感觉贯穿了我全身，这种感觉肯定是流动的。我被影响得如此明显，以至于她们三个都笑了起来。涛读到了我的想法，解释道：

"米歇，拉涛利拥有一种特殊的天赋，虽然它在我们中并不罕见。你刚才体验到的就是一种从她身上发出的一种有益身心的磁性液流。"

"太妙了，"我赞叹道，"请代我向她致谢！"然后我对那两位宇航员说，"谢谢你们的欢迎。不过我必须得承认自己正在经历的这一切实在是太震撼了。对于像我这样的一个地球人来说，这真是一场最难以置信的奇遇。尽管之前我一直认为其他星球上可能生活着像人一样的生物，但我现在还是很难说服自己，让自己相信并非身处奇妙的梦境中。

"我以前常和地球上的好友探讨一些诸如心灵感应、外星人以及被我们称为'飞碟'的东西，但那只不过是出于无知说出的空话和大话罢了。现在，我有了关于平行世界、我们存在的二元性以及其他一些我想了许久的未解之谜的存在证据，我在过去几小时里所经历的这一切是如此让人兴奋——简直要让我无法呼吸了。"

拉涛利赞美了我的独白，她用的是我听不懂的语言，但涛立刻就为我翻译了。

"拉涛利完全明白你的思想状态，米歇。我也是。"毕阿斯特拉补充道。

"她是怎么明白我的话的？"

"当你讲话时,她通过心灵感应'潜入'你的思想中,就像你已经意识到的那样,心灵感应是不受语言限制的。"

她们被我的吃惊逗乐了,嘴角一直挂着微笑。

毕阿斯特拉说道:"米歇,我要把你介绍给其他船员了,请你跟着我好吗?"她将手搭在我肩上,领我走向最远的那个控制台,三名宇航员正在那里监控着一些仪器。我还从未靠近过那里,就是在灵体状态时,我也没有留意过那些电脑上所显示的东西。当时,我瞥了一眼屏幕,整个人就彻底呆住了——我眼前见到的符号是阿拉伯数字!我知道读者会和我一样吃惊,但这是事实。屏幕上显示的1、2、3、4等等,和我们在地球上用的是一样的!

毕阿斯特拉注意到了我的吃惊:"这是真的,米歇。对你来说,吃惊是一个接着一个,是不是?别以为我们在拿你寻开心,因为我们完全明白你的困惑,一切都将在恰当的时候浮出水面,现在请允许我向你介绍娜欧拉(Naola)。"

第一名宇航员起身转向我,并将手放在我肩上,就像毕阿斯特拉和拉涛利做过的那样,我想这个姿势一定和我们的握手差不多。娜欧拉用她们的语言对我说了几句话,然后也将我的名字重复三遍,就像她想将我的名字永远植入她的记忆中似的。她和涛一样高。

每当我被介绍时,同样的仪式都会被重复一遍。这样,我就与所有船员都正式认识了。她们长得都非常像,举例来说,她们的头发仅在长短和颜色上有所不同——颜色都在深铜到亮金之间;有些人的鼻子要比其他人的更长或更宽一些,但所有人眼睛的颜色都显得明亮而绝非黯淡;而且她们全都有着非常精致的耳朵。

之后,拉涛利、毕阿斯特拉和涛请我坐在一把舒适的椅子上。

当我们都舒服地坐好后,毕阿斯特拉就将手以一种特殊的方式在她椅子的扶手旁移动,然后我就看到四个圆盘——它们从空中向我们飘来。每个盘子上都有一个装着黄色液体的容器和一个盛着白色食物的碗。那食物很像棉花糖,但都是颗粒状的;还有个被当成叉子用的扁平"夹子"。它们停在了我们座位的扶手上。

我十分好奇,涛提议如果我想吃这些食物,可以跟着她学。她从她的"玻璃杯"里呷了一口,我也照着做了,里面的东西喝起来感觉十分适口,有点像蜂蜜水。同伴们用"夹子"吃碗里的混合物,我学着她们的样子,第一次吃了一口在地球上被我们称为"吗哪"(manna,有译本作"甘露蜜")的食品。它像是面包,却很轻,而且没有任何特别的味道。虽然碗里的食物只有这么点,我却只吃了一半就饱了,着实让我吃了一惊。我喝完了饮料,虽然不能说我的进餐方式是否正确,不过我感到了一种幸福感,而且既不渴也不饿了。

"你可能更想吃一顿法国大餐,是不是?"涛嘴边挂着微笑问道。

我只是笑了笑,但毕阿斯特拉却扑哧笑了起来。

就在那时,一个信号将我们的注意力吸引到了屏幕上。一个女人的头部特写出现在了屏幕中央,她的样子和我的女主人们很像。她语速很快,同伴们都在各自的座位上稍微转了下身子以便更好地听她讲话。娜欧拉在她的操作台前和屏幕上的人交谈着,就像我们地球上的电视访谈一样。不知不觉中,屏幕上的近镜头变成了广角镜头,显示出十二名女子,她们每人面前都有一个操作台。

涛把手放在我肩上,领我走向娜欧拉那边。她让我坐在一个屏幕前，自己则在旁边坐了下来并开始同屏幕上的人们讲话。她用那悦耳的声音快速说了一会儿，还频频向我转头，这一切都表明我是她们交流的主题。

待她讲完，那个女人又出现在切换成近镜头的屏幕上，简短地回了几句话。令我十分惊讶的是，只见她注视着我并微笑道："你好米歇，希望你能平安到达海奥华。"

她在等我回应，当我控制住内心的惊讶后，便向她表达了衷心的感谢，这在她的同伴中引发了不少感叹和讨论——她们再次出现在了切换成广角镜头的屏幕上。

"她们听得懂吗？"我问涛。

"她们可以通过心灵感应听懂，不过当听到其他星球上的人讲他自己的语言时，她们会很高兴，因为这对她们中的大多数人来说是一个十分稀有的经历。"

涛说了声抱歉，又与屏幕上的人交谈起来，接着毕阿斯特拉也参与到了其中，我觉得那应该是一些技术性的对话。最终，屏幕上的人朝我这边一笑，说道："待会儿见。"图像就切掉了。

我说"切掉"，是因为屏幕并没有直接变空白，而是变成了一种柔美的颜色——一种靛蓝和绿的混合色，使人感到一阵舒心，它在约一分钟后才渐渐褪去。

我转向涛，问她刚才是怎么回事——我们是在与另一艘飞船上的人开会吗？还有"海奥巴"或者"海奥拉"是什么？

"是海奥华（Thiaoouba），米歇，它是我们给我们星球起的名字，就像你称你们的星球为'地球'一样。我们刚刚是在和宇航基地联络，因为我们将在——按地球时间是16小时35分钟后到达海奥华。"在说这句话时，她瞥了一眼最近的一台电脑。

"那么，那些人是你们星球上的技术人员？"

"是的，如我刚才所说，她们是在我们的宇航基地里。那个基地一直监视着我们的飞船，如果我们因人员或技术原因陷入困境，她们可以在百分之八十一的情况下使飞船安全返回航空港。"

这倒并未使我感到多少吃惊，因为我已经意识到自己是在和一个超级种族接触，她们的技术能力已经超出我的理解。我当时所想到的是：不仅这艘飞船，就是在那个宇航基地中，看起来也是只有女人在操作——像这样一个全由女性组成的团队在地球上是十分少见的。

我怀疑海奥华也像亚马孙人①的领地那样，只有女人……这个画面使我笑了起来，我向来更喜欢与女性而非男性做伴，所以这的确是个值得高兴的想法……

我径直问涛："你是从一个只有女人的星球上来的吗？"

她十分惊讶地看着我，之后脸上露出了那被逗笑的表情。我有点不安了——我说了什么蠢话了吗？她将手放在我的肩上让我跟着她，我们离开了控制室，然后立刻进入一间很能让人精神放松的小屋（名为哈里斯）。她说我们可以在这个房间里不受打扰，因为在里面的人有着绝对隐私；她请我在房间内的那些座位中挑一个坐下。

它们中的有些像床，有些像扶手椅，有些像吊床，还有些像有着可调节椅背的角度和高低的高脚凳。如果我不能在其中找出一个称心如意的座位，那我可真是个挑剔的人。

刚在她对面的一把扶手椅上坐好，我就看到涛的脸色又严肃了起来。

---

① 亚马孙人是古希腊神话中一个全民皆由女战士构成的民族。

她开口道:"米歇,这个飞船上没有女人……"

如果她告诉我我现在不在宇宙飞船上,而是在澳大利亚的沙漠里,我还是有可能会相信她的。她看着我难以置信的表情继续道:"也没有任何男人……"这下,我彻底蒙了。

"可是,"我结结巴巴地问道,"你是——什么?只是机器人?"

"不,米歇,我想你误会了。简而言之,我们是两性人,你自然知道什么是两性人。"

我点了点头,愣了一会儿后又问道:"你们的星球上只住着两性人吗?"

"是的。"

"可是你们的面容和举止更倾向于女性而非男性呀!"

"看起来可能确实是这样,但当我告诉你我们不是女人,而是两性人时,请相信我——我们一直是这样的种族。"

"我得承认这太让人混乱了,让我去想你是'他'而非我从一开始就认为的'她'是会有困难的。"

"不必这么想,亲爱的,我们就是我们:生活在一个和你们地球世界不同星球上的外星人,我能理解你喜欢把我们分为一个性别或另一个性别,因为你是在以一个地球人和法国人的身份思考问题。或许在这种情况下,你可以用一个英语里的中性词,把我们当成'它'。"

听到这个建议,我露出了微笑,可仍有如堕五里雾中的感觉。就在不久之前,我还以为自己正身处亚马孙人之中呢。

"那你们怎么繁殖后代呢?"我问道,"两性人能繁殖吗?"

"我们当然能了,而且和你们在地球上的完全一样,唯一不同的是我们能完全控制生育——但这是另一回事了。你会在合适的时候明白的,不过现在,我们该回去找大家了。"

回到控制室后,我发现自己开始用一种新的眼光去看这些宇航员了:看着一个人的下巴,我觉得它比之前看到时更有阳刚之气了;而另一个人的鼻子则显然是男性才会有的;有些人的发型现在看起来更有男子气概了。我意识到我们真的是在按自己的想法,而不是一个人本身来看待对方的。

为了减少在"它"们间感到尴尬,我给自己定了个规矩:之前我把它们当成女人,是因为对我而言,它们更像女性而非男性——所以我打算继续把它们当成女性,看看这样行不行。

我可以从我所在的地方看到中央屏幕上那些随我们飞行而移动着的恒星。有时,当我们从有些太近的地方——距离几百万公里——经过时,它们会变得巨大而耀眼。我们也不时能看到一些颜色奇异的行星,我记得其中一颗有着祖母绿的颜色,就像一块巨大的宝石一样;它绿得是那么纯粹,让我不禁叹为观止。

我看到涛向我走来,就趁机问她在屏幕底部出现的那条光带是怎么回事,那光看起来像由数以百万计的小型爆炸组成。

"那是我们的——你们在地球上会称为反物质枪的装置在工作,那光带其实就是爆炸。以我们目前的飞行速度,最小的陨石都会将飞船撞成碎片。所以,我们使用特殊的舱,在极高的压力下储存某种形态的粉末,并将其导入反物质枪中。你可以把我们的飞船当成一个不断发射加速粒子的粒子发生器,射出的粒子能使在飞船前方及侧面极远处的最小危险物体都分解,这样我们才能保持现在的速度。我们还在飞船四周创造出它自己的磁场……"

"噢,请别这么快。你知道的,涛,我没什么科学背景,所以当你说粒子发生器和加速粒子时,我会跟不上的。我能理解那的确是很有趣的原理,但我不太擅长技术术语。还有,你能不能再告诉我为什么屏幕上那些行星的颜色会是那样?"

"有的是因为它们的大气层,还有的则是由于围绕着它们的气体导致的,你看到那个在屏幕右侧有着一个尾巴的彩色斑点了吗?"

只见那个"东西"正在高速向我们飞来,随着时间一点点过去,我们可以更好地欣赏它了。

"它好像在不停地爆炸和改变着外形,颜色也十分绚丽多彩。"我看着涛说道。

"那是彗星,"她说道,"它绕其恒星一周大约需要你们的55地球年。"

"我们离它有多远?"

她看了一眼电脑,说:"415万公里。"

"涛,"我说道,"你们怎么会用阿拉伯数字呢?还有当你说'公里'时,你是给我转换过来了呢?还是你们实际上也用这个单位?"

"不,我们用尅透和塔尅。你把我们所用的数字当成阿拉伯数字,因为它本来就是我们的——那是我们带到地球上的体系之一。"

"你说什么?请再讲一下。"

"米歇,我们离到达海奥华还有几个小时,这应该是开始认真地给你上一些课的最好的时间了。如果你乐意的话,我们就回哈里斯吧,也就是刚才我们待过的地方。"

我抱着前所未有的强烈好奇心,跟着涛朝哈里斯走去。

第三章

地球上的第一个人

当我们又一次在哈里斯,就是之前描述过的那个休息室里舒服地坐好后,涛就开始讲述它那不同寻常的故事。

"米歇,准确讲那是在一百三十五万年前,在人马座中一个叫巴卡拉梯尼的星球上,星球的领袖们在经过大量的踏勘考察与会议讨论后,决定向火星和地球派遣移民飞船。"

"这样做的原因很简单:它们星球的内部正在冷却,并将在五百年内变得无法居住。经过充分的考虑,它们认为应当将它们的居民转移到一个同级的年轻星球上去……"

"你说的'同级'是什么意思?"

"我以后会给你解释的,现在讲的话有些为时过早。再来说一下这些居民,我一定要告诉你的是,他们是非常聪明且高度进化的人类。有一群是黑种人,他们有着厚嘴唇,扁鼻子和卷头发——这些方面都和现在生活在地球上的黑种人很相似。他们已经和一群黄种人共同在巴卡拉梯尼星上生活了八百万年。"

"确切地说,那群黄种人就是你们地球上现在的华人,他们在巴卡拉梯尼上的生存时间要比黑人早了约四百年。这两个种族在他们的星球上经历了无数次革命,我们曾设法指导、帮助和援救他们,可尽管如此,战争还是绵延不断。这些人祸再加上天灾,使得两个种族的人口都减少了。

"最后,一场大规模核战的爆发使整个星球都笼罩在了黑暗中,而且气温也下降到你们的摄氏零下四十度。摧毁人类的不止核辐射,还有紧随其后的严寒和饥荒。

"根据他们停止互相残杀,重新繁衍生息时进行调查的记录显示,在七十亿黑种人和四十亿黄种人中,仅有一百五十个黑种人和八十五个黄种人幸存。"

"你说的'互相残杀'是什么意思?"

"我给你讲一讲背景,你就能更好地理解了。

"首先要重点讲的一件事是,那些幸存者并不像你可能认为的那样,是一些躲在拥有优越配置掩体中的官员。

"幸存者共有三群黑种人和五群黄种人,有些是躲在了私人掩体中,而另一些是躲在了大型公共掩体中。当然,战争中躲在掩体里的远不止这二百三十五人,我们认为当时那里的实际人数超过了八十万。在黑暗、严寒的环境中封闭了好几个月后,他们终于敢冒险外出了。

"先出来的是黑种人,他们发现大陆上几乎没有树,没有作物,更不用说动物了。这群离开了山中掩体的人是我们所知的第一批变成食人生番的人,因为缺少食物,当最弱的人死后,他们就吃掉尸体;再之后,他们不得不为了食物而互相残杀——那是他们星球上最糟糕的灾难了。

"另一群人靠近海洋,他们设法通过吃一些星球上仅存的一些生物来维持生命,也就是一些没有受到太多辐射污染的软体动物、甲壳类动物和鱼。幸亏他们有非常精巧的设施，才能够从极深的地方获取未被污染的饮用水。

"当然了，由于星球上的致命辐射和食用的鱼体内充满了放射性物质，许多人还是死了。

"黄种人的遭遇也基本相同，所以结果就变成我说的那样，只有一百五十个黑种人和八十五个黄种人幸存下来；战争造成的死亡终于停止了，人类又重新开始了繁衍生息。

"尽管他们事先收到了所有警告，这一切还是发生了。应该说，在这场几乎是彻底的灭绝之前，两个种族的技术水平都达到了一种相当高的程度。人们生活得相当舒适，他们在工厂、私企、国企以及政府部门上班——和现在地球上一样。

"他们疯狂追求金钱：对一些人来说，钱意味着权力；而对另一些稍微明智点的人来说，钱代表着幸福。他们平均每周工作十二小时。

"在巴卡拉梯尼，一周由六个二十一小时的天组成。他们更倾向于物质而非心灵层面，同时，他们自甘被一个体制里的政客和官僚愚弄并在他们的领导下兜圈，就像现在正发生在地球上的事情一样。当权者用空话愚弄着人民，在贪欲和狂妄自大的驱使下，他们将整个社会搞得世风日下，他们'领导'全民走向了衰落。

"渐渐地，这两大种族开始互相嫉妒，而嫉妒和仇恨仅一步之差。他们之间的仇恨太强烈、太彻底，最终导致了灾难的发生。由于两方都有先进的武器，他们最终打成平手，同归于尽。

"我们的历史记录显示，灾后第五年幸存的二百三十五人中，有六名是儿童，他们是靠吃人肉和一些海洋生物活下来的。

"他们的繁殖并不是每次都能'成功'。因为很多新生儿都有着可怕的畸形头颅或流着脓水的难看溃疡创伤。他们不得不忍受核辐射给他们身体造成的后果。

"一百五十年之后,黑种人的数量达到了十九万——这里包括了妇女和儿童,黄种人达到了八万五千。我给你讲一百五十年后这个时间点是因为在那时,两个种族开始重建文明,并且我们能在物质上帮助他们了。"

"这是什么意思?"

"就在几个小时前,你看见我们的飞船停在阿瑞姆X3星球上空采集土壤、水和空气的样本,是不是?"我点点头。"那么,"涛继续道,"当一群巨型红蚁袭击一个村子里的居民时,你也看见我们很轻易地消灭了它们。"

"的确如此。"

"在那种特殊情况下,我们会直接出面帮助他们。你看到没有,他们就生活在半原始状态。"

"是啊,可是那颗星球怎么了?"

"核战争,我的朋友,翻来覆去都是一个故事。"

"别忘了,米歇。宇宙是一个巨大的原子,你的身体也是由原子组成,所有的事情都会彼此影响。而我在此想说的是,在所有星系里,每当一个星球上开始有人类居住,原子都会在其文明发展的某个阶段被发现或被重新发现。

"当然,发现原子的科学家很快就会意识到原子的分解可以成为一个可怕的武器,而当权者迟早会想要去利用它——就像一个小孩拿着一盒火柴点燃一大捆干草想看看会发生什么一样……

"回到巴卡拉梯尼上来,在核灾难发生的一百五十多年后,我们打算去帮助这些人。

"他们急需食物，尽管他们可以靠海产品维持基本生活，十分饥饿时偶尔会吃人肉，但他们需要蔬菜和肉的来源。因为蔬菜、水果、谷物、动物——所有可食用的生物都从星球上消失了。

"星球上只残存了一些不能食用的树和灌木，它们仅够补充大气中的氧气。

"与此同时，一种在一些方面和你们的螳螂类似的昆虫也活了下来，核辐射引发的变异使它们变得巨型化，其成体能长到八米多高且对人类极具危险。此外，由于没有天敌，它们飞速繁殖起来。

"我们飞过星球上空来寻找这些昆虫的行踪，由于我们从很久前就掌握的科技，这是个相对简单的任务，一经发现，我们就会立刻将其消灭。这样，我们在很短的时间内就将它们彻底消灭了。

"之后，我们根据各地灾前的气候状况，重新引入了适应各地区当地气候的农作物、树木以及牲畜。这个也比较容易……"

"要做完这么一件事肯定要花上好几年！"

涛的脸上露出一个大大的微笑："这只用了两天——两个二十一小时的天。"

涛面对着我的怀疑大笑起来。她，或者说他，笑得是如此的开怀，我也跟着笑了起来，不过我还是纳闷她是不是言过其实了。

我怎么知道？我所听到的是如此神奇！也许是我出现了错觉，也许是我被下了迷药，也许我将很快从自己的床上"醒来"？

"不，米歇，"读出我想法的涛打断了我的思绪，"我希望你不要再这么怀疑了，心灵感应本身应该就足以说服你了。"

就在她说这句话的时候，我突然意识到：即使是设计得最好的骗局，也难以将如此多的超自然因素关联在一起。涛能像读一本打开的书一样读出我的想法，这已经被一而再，再而三地证明了；拉涛利只是将手放在我肩上，就能让我感到那么超常的幸福感；我必须得承认这些证据。我现在很好，并且确实是正在经历着一场特别特别非凡的奇遇。

"好极了！"涛大声赞同道，"那么我可以接着说了吗？"

"请吧。"我鼓励道。

"这样，我们便在物质上帮助了这些人；然而，就像我们很多次介入时一样，我们不能让他们知道我们的存在，原因有这么几个：

"第一是为了安全。第二则是心理层面的，如果让这些人知道我们的存在，并且如果他们意识到我们的到来就是为了帮助他们，他们就会消极地接受我们的帮助并在那里自顾自怜，而这些都将削弱他们的生存欲。正如你们在地球上所说的'神助自助者'。

"第三个也是最后一个原因最为重要：宇宙法则（Universal-Law）是完善的，它就像恒星控制着行星转动一样严格地运作着，如果你犯了一个错误，你就会受到惩罚——可能是立刻，可能是十年后或是十个世纪后，但不管多久，你都必须要为自己的错误付出代价。因此，我们不时得到允许甚至是被建议去提供援手，但我们绝不能'把饭喂到嘴里'。

"于是，在两天的时间里，我们重新在他们星球上种植了大量植物并引入了多对动物。这样，这些人终于可以种植作物和树木，饲养牲畜了。他们不得不白手起家，我们通过托梦和心灵感应指导他们的发展，有时也会用'一个来自天堂的声音'，实际上这'声音'来自我们的飞船，但对他们来说则是来自'天堂'。"

"他们肯定把你们当成神灵了!"

"的确如此,而且传说和宗教就是这么来的。但是,在像当时那样的紧急情况下,只要结果是好的,用什么手段就不那么重要了。

"最终,在数个世纪后,星球变得几乎和核灾前一样了。虽然一些地方还是出现了永久性沙漠;不过在一些受害轻的地方,动植物还是旺盛地生长了起来。

"十五万年后,他们的文明取得了高度成功,但这次就不只是技术方面的了。令人高兴的是他们吸取了教训,在心灵和精神层面也发展到了一个很高的水平;两个种族都是如此,并且还结下了深厚的友谊。

"因为传说都保留得很完整,其中很多都被以文字的形式记录下来——后人可以清楚地知道是什么引发了核灾难,还有它的后果是什么。于是,星球上一片和平昌盛。

"就像我在之前讲过的那样,这些人知道他们的星球将在五百年后不适合居住,因为知道在银河系中有其他已经有人居住或可居住的星球,他们开始了一场有史以来最认真的远程考察。

"终于,他们来到了你们的太阳系,首先参观了当时适宜居住的火星——实际上,那里当时的确有人居住。

"火星人没有科技,但他们在心灵上高度进化。他们的身高在一米二到一米五之间,是非常矮小的蒙古人种,以部落形式群居,生活在石头垒成的小屋里。

"火星上的动物种类稀少:那里有一种侏儒山羊,一些非常大的野兔样动物,几种老鼠,最大的动物长得像水牛但有着貘一样的头;还有一些鸟,三种蛇,其中一种蛇还有剧毒。植物的种类也很少，树没有超过四米高的，他们也有一种可食用的草，或许你可以把它想象成你们的荞麦。

"巴卡拉梯尼人在研究后，很快就意识到火星也在以一定速度变冷，这意味着它将在四千至五千年后不再适合居住。还有，就其动植物而言，只勉强能维持原住民的需求，根本无法供养来自巴卡拉梯尼的大批移民。不用说，这个星球对他们并没有吸引力。

"于是，两艘飞船飞往地球，在现在澳大利亚所在的位置进行了第一次着陆。要说明一下的是：在那时的澳大利亚、新几内亚、印度尼西亚和马来西亚都是一块大陆的一部分，一条宽约三百米的海峡正好处在现在泰国所在的位置。

"当时，澳大利亚有一个巨大的内陆海，好几条大河都汇入其中，那样的环境使多种有趣的动植物都在那里繁殖生长。经过全面的考虑后，宇航员们选择了澳大利亚作为他们的第一个移民基地。

"我应该说得更准确点，选择澳大利亚的其实是黑种人，而黄种人选择了现在缅甸所在的地方——那儿也有丰富的野生生物，并且他们很快就在孟加拉湾沿海建起了基地。与此同时，黑种人也在澳大利亚的内陆海旁建造了他们的第一个基地，随后他们在现在新几内亚所在的位置建造了更多基地。

"他们的超光速飞船在大约五十地球年的时间里向地球运送了三百六十万个黑种人和同样数目的黄种人，此举体现了这两个决定在新星球上生存并和睦相处的种族之间彼此高度理解和合作精神。根据共同协议，年老和虚弱的人仍留在巴卡拉梯尼上。

"他们在建立基地前探索了整个星球，已经完全确认地球在他们到来前没有任何人类存在。他们经常以为自己发现了人类，但在仔细观察后发现他们遇到的其实是一种巨猿。

"地球的重力比他们星球上的大,两个种族最初都很不舒服,不过最终他们还是很好地适应了。

"在建设城镇和工厂时,他们从巴卡拉梯尼上运来的一些非常轻而且十分坚固的材料帮了大忙。

"我还没讲的是:在那时,澳大利亚处在赤道区域,地球的自转轴与现在的不一样——自转一周需要三十小时十二分,然后用这样的二百八十多天公转一周。与你现在所知不同的是,那时赤道地区的气候十分潮湿,而现在,地球的气候已经变了。

"成群的巨型斑马、一种被称为'渡渡鸟'的可食用大鸟、非常大的美洲虎以及一种身高近四米,被你们称为迪诺尼斯的恐鸟都在田野中游荡。一些河里生活着长达十五米的鳄鱼和长度在二十五到三十米的蛇,它们有时会捕食这些新居民。

"从生态学和营养学的角度讲,地球上的大多数动植物都和巴卡拉梯尼上的完全不同。为了使玉米、向日葵、小麦、高粱、木薯等一些植物适应地球环境,他们建立了许多实验田。

"有些植物在地球上根本就没有,而有些则是因为在地球上的品种太原始而根本无法食用。山羊和袋鼠也都是引进的,因为那是巴卡拉梯尼人非常爱吃的动物,在原来星球时的消耗量就很大。他们十分热衷于在地球上饲养袋鼠,然而在使它适应地球环境时却遇到了巨大困难。其中一个主要原因是饲料问题,在巴卡拉梯尼上,袋鼠吃一种名为阿栗露的尖细硬草,但在地球上根本就没有这种草。巴卡拉梯尼人不断地尝试种植这种草,但它总会由于受到数百万微小真菌的侵袭而死去。可以说,袋鼠在几十年的时间里一直都在被人工饲喂,直至它们逐渐适应了地球上的草。

"黑种人的不懈努力最终成功地使阿栗露适应了地球环境，但这用了太长的时间，以至于和新牧草相比袋鼠都不怎么愿意吃它了。很久之后，有些阿栗露能野生了，因为没有动物食用，它便在全澳洲都繁衍开了。它们现在仍存在着，学名是'刺叶树'，俗称'草树'①。

"这种草在地球上长得比在巴卡拉梯尼上时更高也更茂密。这是物种从一个星球转移到另一个星球时常有的事情。现在，它是那个遥远年代为数不多的孑遗之一。

"这种仅见于澳洲的草树，还有袋鼠，都表明巴卡拉梯尼人在寻找新定居点前曾在地球的那个区域停驻了很久。我马上会讲有关新定居点的事，但我之所以要先讲袋鼠和草树的例子，是为了让你能更好明白这些人在适应地球时所要克服的种种困难——当然，这不过是诸多困难中的一个小例子而已。

"我之前说过黄种人选择了孟加拉湾腹地：他们中的大多数人都居住在缅甸所处的位置，并且也建设了城市和实验田。因为主要喜食蔬菜，他们引进了卷心菜、莴苣、荷兰芹、香菜等植物。在水果方面，他们带来了樱桃、香蕉和橘子树。后面两个很难种植，因为当时的气候普遍比现在冷。于是他们给了黑种人一些树，相比之下，黑种人获得了巨大成功。

"另一方面，黄种人在种植小麦时则要比黑种人成功很多。从巴卡拉梯尼带来的麦子实际有着四十多厘米长的麦穗，麦粒大小都和咖啡豆差不多。他们种植四种麦子，并且黄种人没花多少

---

① 英文旧版为"黑孩子（Blackboys）"，因此词在澳洲有种族歧视之嫌而在新版里改为"草树"。

时间就将产量提高到了一个很高的水平。"

"水稻也是他们带到地球上的吗?"

"不,完全不是。水稻是地球上土生土长的植物,不过黄种人的培育大大加速了它的进化,它才能变成现在的样子。

"我再接着讲:他们建造了巨大的筒仓,随后这两个种族间的商业交换很快就开始了。黑种人出口袋鼠肉、渡渡鸟(在当时它的数量很丰富)和斑马肉。在驯养斑马的时候,黑种人培养出了一种口感像袋鼠肉,但比袋鼠肉更有营养的品种。贸易是通过巴卡拉梯尼的宇宙飞船进行的,他们在全国各地都建造了飞船基地……"

"涛,你是说地球上的第一批人是黑种人和黄种人吗?那我是怎么变成白种人的?"

"别急,米歇,别着急。的确,地球上的第一批人是黑种人和黄种人,而且我现在要继续讲他们如何生活以及社会的组织结构。

"物质上,他们是成功的,但他们也十分谨慎,没有忽视对大型会堂的建设,他们在那里做礼拜。"

"他们有礼拜?"

"嗯,是的,他们都是塔卡欧尼,也就是说他们都相信转世,而且在一些方面和你们星球上现在的喇嘛很像。

"两国的人员往来十分频繁,他们还联合起来去更深入地探索地球上的一些区域。一天,一支由黑种人和黄种人组成的混合考察队在南非的一角,就是现在被称为好望角的地方登陆。非洲从那时至今并没发生多大改变——除了撒哈拉、东北部地区和当时并不存在的红海,不过这属于我们之后会讲到的另一个故事了。

"在那次考察进行时,他们已经在地球上生活了三个世纪。

在非洲，他们发现了诸如大象、长颈鹿和水牛这样的新动物，以及一种他们从未见过的水果——西红柿。米歇，不要以为那就是你现在知道的西红柿。它被发现时的个头和非常小的醋栗差不多，而且还非常酸。黄种人十分擅长作物改良，他们在后来的数个世纪中都在提升西红柿的品质——就像改良水稻一样——直到它变成现在你所熟悉的样子。香蕉树的发现也让他们大吃一惊，因为乍一看，那树和他们从巴卡拉梯尼上带来的很像。但他们没理由为之前的努力感到后悔，因为非洲的香蕉几乎不能食用，并且还布满了巨大的种子。

"这支考察队的黑种人和黄种人各有五十个，他们带回了大象、西红柿和许多猫鼬——他们很快就发现猫鼬是蛇的天敌。不幸的是，他们也在毫无察觉的情况下带回了可怕的病毒，你们现在称其为'黄热病毒'。

"上百万人在极短的时间里死掉了，而医药专家甚至还不知道这病是如何传播的。

"由于它主要靠蚊子传播，而且赤道地区的蚊子要比别处多很多——没有冬季减少它们的数量，结果使澳大利亚的黑种人受灾最为严重，他们的实际受灾人数是黄种人的四倍。

"巴卡拉梯尼的黄种人向来擅长医学和病理学，不过尽管如此，他们还是花了几年才找到一种治疗方法；而在这段时间里，成千上万的人都在痛苦的折磨中死去了。最终，黄种人制造了一种疫苗，并立刻将它提供给了黑种人——这个举措加强了两种族间的友谊。"

"那些黑种人的体型如何？"

"当他们从巴卡拉梯尼来到地球时，身高在两米三左右——

女性也一样；他们是一个漂亮的种族。黄种人的体型要小些，男性平均身高一米九，女性为一米八。"

"但是你说现在的黑种人是这些人的后代，为什么他们现在小了这么多？"

"因为引力，米歇。地球上的引力比巴卡拉梯尼上的大，这两个种族的体型都变小了。"

"你也说过你们能帮助处在困境中的人们，那你们为什么在黄热病爆发时没有给予他们任何援助？你们也不能发现疫苗吗？"

"我们是可以帮的，等参观我们的星球后，你将知道我们的潜能——我们没介入是因为那不在我们的规划中。我已经和你讲过了，而且我也不可能一再重复告诉过你的话：我们仅在某些情况下提供帮助，并且是有限度的。一旦超出了一定程度……宇宙法则是严禁任何形式的超越限度的帮助的。

"我给你举个简单例子：想象一个为了学习而每天去上学的孩子，晚上回家后请家长在他做作业时帮助他。如果他的父母明智，他们会帮他理解相关概念让他能独立完成作业。可如果是他父母替他做完了作业，他就不会学到多少东西，是不是？他将不得不每年留级，而他的父母其实也没有帮到他。

"以后你会理解的，尽管你已经有所了解——你在你的星球上是为了学习如何生存、经历苦难和面对死亡，以及尽你最大可能去发挥灵性。以后在长老们（涛拉）和你谈话时我们会再回到这点。现在，我想告诉你更多关于这些人的事情……

"他们战胜了黄热病的诅咒，在这个新星球上扎下了更深的根。不仅在澳洲有了密集的人口，在现在被称为南极洲的大陆上也一样——当然，当时南极洲的位置决定了它的温和气候；同时,新几内亚也有着众多人口,在黄热病的蹂躏结束时,黑种人的数量已有七亿九千五百万。"

"南极洲在那时不是一个真正的大陆吗?"

"当时它与澳大利亚相连,气候要比现在暖和得多,因为地球那时的自转轴与现在不同,它的气候和现在的俄罗斯南部很像。"

"他们没再返回巴卡拉梯尼吗?"

"没有,他们一在地球上定居就定下了一个严格的法律,不许任何人返回。"

"那他们的星球变成什么样了?"

"它像所预测的那样变冷并变成了荒漠——跟火星差不多。"

"他们的政体什么样?"

"很简单——民众通过举手投票的方式选出一个村庄或市区的管理者,这些管理者再从那些因学识、判断力、正直和智慧而广受尊敬的人中选出一名城镇的管理者及八位长老。

"他们的选举从来不以财富或家族为基础,参选者的年龄都在四十五到六十五岁之间。城镇或辖区(一个辖区由八个村庄组成)的管理者负责与那八位长老商讨事务。八人委员会再选出一个代表他们的人(通过一场至少七票通过的无记名投票)出席政务院的会议。

"举例来说,在澳大利亚有八个州,每个州都是由八个城镇或辖区组成。由此,出席政务院会议的八位代表每人都代表了一个不同的城镇或辖区。

"政务院会议由一位圣贤主持,他们讨论的是任何政府都会遇到的日常问题:供水、医疗、交通等等。关于交通,黄种人和黑种人都使用超轻的氢引擎车辆;因为有抗磁力和抗重力的系统,它们都是悬浮行驶。

"继续回到政治体系,他们没有类似'党派'的存在,一切都只取决于正直与智慧。长久以来的经验使他们意识到,建立一个能长久存在的制度需要两个不可或缺的条件:公正和纪律。

"以后我会再给你讲他们的经济和社会结构,现在,我要给你讲一下他们的司法体制。举一个偷窃者的例子吧:在被确认有罪后,他或她常用手的手背上会被烧红的铁烙上一个印;这样,一个右撇子窃贼的右手会被烙印。再犯的刑罚是砍掉左手,这个做法阿拉伯人最近仍在使用——是长久以来保留下来的做法。

"如果他或她还偷,右手也会被砍掉,并且前额会被烙上一个难以磨灭的标识。没了手,偷窃者就只能靠家人和路人的怜悯或可怜来获得食物,获得任何东西。由于人们能认出窃贼标识,他的人生会变得非常艰难,生不如死。

"于是,这个人的下场便成了惯犯活生生的实例。不用说,这样做的结果就是当时很少有人盗窃。

"凶杀案也是极少的,这点你很快就能明白。嫌疑人会被单独送入一个特殊的房间,房间的帘子后面有一个'读心者',那是一个不只有独特心灵感应天赋,而且还在一所或多所特殊的大学里不断提高这种天赋的人,他将截听嫌犯的想法。

"你可以反驳说,可以通过训练使一个人的思维变成一片空白——但这种状态不可能连续六小时不中断。再说,在他意想不到的各种时刻,他会听到一些预定的声音迫使他中断专注状态。

"为了以防万一,会有六名不同的'读心者'参与截听;原告或被告的证人们也会在另一个稍远的建筑里经历同样的过程,其间没有任何语言交流。同样的程序会在之后的两天里重复一次，这次是八小时。

"第四天，所有的'读心者'将他们的记录交给一个由三名法官组成的审判组，审判组负责面审和交叉检查被告及证人。没有律师或陪审员在场，因为法官能在他们之前获得所有关于案件的细节，并且需要彻底确认被告的罪行。"

"为什么？"

"因为处罚是死刑，米歇，可怕的死刑，凶手将被活生生地扔给鳄鱼。至于强奸，这种被认为比谋杀更恶劣的罪行，相应的刑罚则更加残酷：犯人会在全身涂上蜂蜜后被埋入土中，肩膀以上露在外面，他的附近是一群蚂蚁的聚居地；有时，要用上十到十二小时才能致死。

"所以现在你可以明白了，这两个种族的犯罪率都极低，并且也正因如此，他们没有建造监狱的需要。"

"难道你不觉得那刑罚太残酷了吗？"

"你可以考虑一下，比如，一个自己十六岁女儿被强奸杀害的母亲的感受，难道她承受的丧女之痛不是世间最狠毒的酷刑吗？她并没有招惹祸端或自寻无妄之灾，却必须要承受痛苦。另一方面，那个罪犯也知道他行为的后果，所以，就是为此，他也必须受到非常残酷的惩罚。但也就是我刚才说过的那样，犯罪事件几乎不存在。

"再谈谈宗教，我之前说过这两个种族都相信轮回转世，但他们的信仰中有一些差异，使他们不时产生分歧。变质教派中的某些祭司组织其领导下的大量民众移民，这场发生在黑种人中的移民潮导致了极坏的影响。

"最终，大约五十万黑种人在他们祭司的煽动下移民到非洲——在现在红海所在的位置。当时，红海并不存在，那里还是非洲的陆地。他们开始建立城镇和村庄，但废除了之前我给你讲过的那个从各个方面来说都是公平有效的政治体系。祭司们自己选出政府首脑，于是这些领导人就或多或少地变成受祭司操纵的傀儡。从那时起，那里的人们就不得不面对许多问题——也是现在地球上那些为你所熟悉的——腐败、卖淫、吸毒和各式各样的不公正。

"至于黄种人，他们有着非常好的信仰结构，除了一些在宗教方面的轻微曲解外，他们的祭司在国事中没有任何发言权。他们过着和平富足的生活——和那些分裂到非洲的黑种人完全不同。"

"说一下军队吧，他们用什么武器呢？"

"他们的武器非常简单，正如简单粗暴往往能战胜精密复杂，它非常有效，两个种族都把它带来了，我们可以称其为'激光武器'。这些武器由一个特殊的小组进行管理，而这个小组则受各国领导人指挥。依共同协议，两个种族互相交换一百名'观察员'——每个国家都一直驻有来自外国的观察员，这些观察员是一些为其祖国工作的大使和外交官，同时，他们也要避免军备超过一定的编制。这个制度运转得很完美，和平持续了三千五百五十年。

"不过，由于那些移居非洲的黑种人是分裂出去的，所以他们并没有被允许带走这些武器。慢慢地，他们的活动范围扩大了，并开始在现在的撒哈拉沙漠所在的地方定居。当时，那里还是一片气候宜人、植被茂盛的富饶土地，是许多动物的乐土。

"祭司们修建了寺庙，为了满足他们对财富和权力的欲望，他们对人民课以重税。

"在一群以前从不知贫穷为何物的人中，明显形成了两个阶级：极富者和赤贫者。祭司和那些协助他们剥削穷人的人无疑属于前者。

"宗教变成了偶像崇拜，人们膜拜石质或木质的神并向它献祭。不久后，祭司们坚持必须用活人祭祀。

"从分裂时开始，祭司们就尽可能确保人民处在最大的无知中，通过长年累月地弱化他们的心智和体力发展，祭司们对人民的控制越来越强。这种'发展'了的宗教已经和最初激发'脱离运动'的那种'宗教'风马牛不相及了，对人们的控制已经变成了祭司们基本的和首要的任务。

"宇宙法则规定：无论生在哪个星球上，人的首要责任都是发展他的灵性。这些祭司通过愚弄人民、用谎言领导他们导致整个'国家'沉沦的行为，违背了这条根本法则。

"我们决定在这时出面干预，但在行动前，我们给了那些祭司最后一次机会。我们通过心灵感应托梦给大祭司：'必须停止活人祭祀，将民众引回正道，人类以肉体形式存在的唯一目的是发展灵性，你们的所作所为违背了宇宙法则。'

"深受震撼的大祭司在第二天便召集侍祭们开会，告诉他们昨晚的梦。一些祭司指责他离经叛道；另一些觉得他老糊涂了；还有一些怀疑那是幻觉。最终，经过数小时的讨论，与会的十五个祭司中依然有十二个仍坚持要让宗教维持现状，声称他们的理想就是保持现有控制并推进民众对'复仇之神'的信仰和畏惧——那神的代理人就是地球上的他们。至于大祭司告诉他们有关'梦'的事情，他们一句也听不进去。

"有时我们的立场是很微妙的，米歇。我们可以同飞船一起出现，直接与祭司们对话。但他们有能力识别来自宇宙的飞船——他们在分裂前也曾有过。

"他们会立刻攻击我们——不做任何询问，因为他们十分多疑、害怕失去在其'国'内的显赫地位。为了应对可能发生的革命，他们组建了一支军队并储备了威力巨大的武器。我们也可以消灭他们，直接与民众交流将他们引回正确的道路上；但从心理学上讲，这是不妥的。这些人已经习惯于遵从他们祭司的命令，无法理解我们为什么要介入他们的国事中——因此一切都会被搞砸。

"于是，在一天夜里，我们乘一个'工具球'飞到这个国家上约一万米的高空。神殿和圣城距城镇约一公里。我们用心灵感应唤醒了大祭司和那两个听从他建议的侍祭，让他们步行到一个距圣城约1.5公里的美丽公园。随后我们通过集体幻觉让卫兵打开监狱释放囚犯；仆人、士兵——实际上，除了那十二个罪大恶极的祭司外，圣城所有的居民都被疏散了。受头顶'异象'的启发，每个人都跑向城镇的另一边。

"天上，长着翅膀的人在一朵巨大的明亮云团旁盘旋，云团的光芒照亮了整个夜空……"

"那是怎么做到的？"

"集体幻觉，米歇。这样，在很短的时间里，圣城中只剩下那十二个邪恶的祭司了。当一切就绪，'工具球'便摧毁了一切，包括神殿；用的是你在之前行动中见过的那种武器。石砖被粉碎，墙塌得只剩一米高——这些废墟是'罪孽'后果的见证。

"事实上，如果圣城被彻底抹除，人们会很快忘记这些，因为人类是健忘的……

"接着，为了教导民众，光云中传出一个声音，警告人们神的愤怒是可怕的——比他们所见到的还要恐怖——他们必须要听从大祭司，走向他引领的新道路。

"当这一切都结束，大祭司站在这些人面前开始讲话，他向这些不幸的人承认了他之前的错误，而现在最重要的是大家共同向新的方向努力。

"他的工作得到了那两名侍祭的支持，当然他们也经常遇到困难，但是一想到几分钟内就被毁掉的圣城和那些邪恶祭司的死亡，这种记忆和恐惧就能帮他们渡过难关。所有人都坚定无疑地认为这场'事件'是神灵的神迹，因为二百多名将在第二天成为祭品的囚犯也在这件事中被释放了。

"文士记录了所有的细节，但传说和故事经过数个世纪的流传也被歪曲了。不过，直接结果却是一切都变了：鉴于邪恶祭司和圣城的遭遇，原先也参与对人民盘剥的富人害怕自己会遇到同样的命运，于是他们极大地收敛了自己，并协助新领导人发起改革。

"逐渐地，这些人又一次过上了令人满意的生活，就像他们分裂前一样。

"和工业化或城市化相比，他们更青睐田园生活。在之后的世纪里，他们在整个非洲都扎了根，人口最终也达到了几百万。城镇依然只存在于现在红海所处的位置，分布在一条流经非洲中部的大河两岸。

"他们设法极力发展自己的心灵能力，许多人可以通过悬浮进行短途旅行，心灵感应也恢复了在他们生活中的重要地位，变得普遍起来；常见的还有将手放在患处治愈身体病痛的事情。

"因此，对于行星地球上的居民来说，一切都顺心如意——除了一件事……天文学家和学者们都为之非常担忧：一颗巨大的小行星正在靠近地球，虽然它几乎无法被察觉，但确实存在。

"位于澳大利亚中部的依克若同天文台率先发现了它。几个月后,知道该往哪看的人单凭肉眼就可以看见它了。它发出一种十分不祥的鲜红色光芒,并在之后的几个星期里变得愈发清晰。

"澳大利亚、新几内亚以及南极洲政府共同做出了一个十分重要的决定,很快,黄种人领袖也同意了这个决定。那就是:在这场不可避免的小行星撞击发生前,所有能够飞行的太空船都要离开地球,带上尽可能多的专家和特殊人才:医生、技术人员等等——就是说那些在灾后对民众最可能有帮助的人。"

"他们去了哪里?月球?"

"不,米歇,那时地球没有月亮。他们丧失超远程航行的能力已经有很长一段时间了,现有的飞船只能进行为期十二周的自动飞行。他们的计划是让飞船保持在绕地轨道,时刻准备着以最快的速度降落在急需援助的地方。

"澳大利亚准备了八十艘飞船,里面搭载着一批精英,他们是经过日夜开会的讨论后选出来的。黄种人进行着相同的工作,他们准备了九十八艘飞船。当然了,在非洲,那里从未有过任何太空船。

"一切就绪后,民众收到通知,撞击即将来临。但飞船的任务是保密的,因为担心民众会认为自己被领导人背叛而恐慌,甚至可能冲击飞船基地。基于同样的考虑,领导人们通过对碰撞后果的轻描淡写来把群体的不安降到最低。

"现在,根据估算出的小行星速度,这场不可避免的碰撞已经迫在眉睫了,时间仅剩四十八小时,专家们全都同意了这个数据——嗯,是几乎全都同意。

"飞船要在预计碰撞时间的两小时前同时起飞,这么晚起飞是为了在撞击后能在太空里待上整十二周——如果有必要的话。计算显示，碰撞将发生在现在的南美洲。

"于是，一切准备完毕，行动日的起飞信号定在了澳大利亚中部时间的中午12点。可是，不知是因为之前的计算有误，尽管这是极不可能的；还是因为小行星突然出人意料地加速了，它在中午11点就出现在天空中，明亮得像个橙色的太阳。起飞的指令被立刻发出，所有的飞船都飞向了天空。

"为了能尽快离开地球大气层，摆脱地心引力，必须要利用一个'弯曲'①，当时它在现在的欧洲上空。尽管这些太空船的速度很快，但在小行星撞击地球时，它们还是没能达到弯曲。小行星在进入地球大气层时碎成了三大块，其中最小的一块，直径有好几公里，击中了现在红海所在的区域。

"另一块较大的击中了现在帝汶海所在的区域，而最大的那块儿落在了现今加拉帕克斯群岛所在的区域。

"撞击的直接效果十分恐怖，太阳变成了暗红色，像个坠落的气球一样滑向地平线。不久，它停了下来并开始缓慢地爬升，但刚爬到一半就又'掉'了下去。地轴一下就偏转了！由于最大的那两块小行星碎片穿过了地壳，使得地球上发生了难以想象的大爆炸。澳大利亚、新几内亚、日本、南美洲——实际上，全球几乎都发生了火山爆发。山脉瞬间平地而起，高达三百多米的巨浪席卷了澳大利亚五分之四的土地。塔斯马尼亚与澳洲大陆分开了，南极洲的一大片陆地也沉入水中，使澳大利亚和南极洲之间形成了两个巨大的海底峡谷。一块巨大的陆地从南太平洋的中部

---

① 此处，弯曲的意思是"一个引力空洞"——一个弱引力区(编辑据作者的解释注)。

海域升起。缅甸的很大一片土地都沉入了现在的孟加拉湾,而另一个盆地的下陷则形成了现在的红海。"

"飞船有足够的时间离开吗?"

"不太够,米歇,因为专家们犯了一个错误。他们可以自辩说自己无法完全预测到将要发生的事情。他们预见了地轴偏转,但没有料到地轴震动。重新弹回地球大气的小行星所造成的'余波'将所有飞船都拉了进去,接着,它们被由小行星碎裂产生以及尾随小行星而来的成千上万的碎粒所击中。

"只有七艘飞船——三艘黑种人的和四艘黄种人的,在竭尽全力后成功逃离了地球上的恐怖灾难。"

"亲眼见证地球的变化对他们来说一定触目惊心。你说的那片陆地从太平洋里浮出来用了多久?"我问道。

"只用了几小时,那块大陆是由剧变产生的气体带托起来的,气体则源自地心深处。

"地表剧变持续了好几个月,三处被小行星撞击的地方出现了成千上万座火山。有毒气体覆盖了澳洲大陆的大部分地区,数百万黑种人在几分钟里就毫无知觉地死亡了。我们的统计显示澳大利亚的人类和动物几乎全灭绝了,待一切都平静后,那里只剩下了一百八十名幸存者。

"有毒气体是导致这场可怕灭绝的元凶。在新几内亚,那里飘荡的毒气较少,死亡的人数也较少。"

"我刚才一直想问你一个问题,涛。"

"请讲。"

"你说过新几内亚和非洲的黑种人都来自澳大利亚,那为什么现在的澳大利亚土著人和世界其他地方黑种人的区别那么大?"

"问得好，米歇，我的叙述本应涵盖更多细节的。你想一下，小行星撞击导致的地壳剧变使具有高放射性的含铀矿散落在地表，而这只发生在了澳大利亚。那些幸存者受了很大影响，就像核武器爆炸后的幸存者一样。

"他们的基因发生了变异，所以现在非洲黑种人的基因和澳洲黑种人的不一样。再说，他们的饮食结构和生存环境也都发生了极大的改变。斗转星移，这些巴卡拉梯尼人的后裔就'变成'现在的澳大利亚土著民族了。

"随着地壳的不断隆起，山脉形成了，有些是快速出现，有些则用了几天。张开的地裂吞噬了城市，闭合后就抹去了一切文明的痕迹。

"最恐怖的是凶猛的洪水，那情景让人无法相信这星球上还曾有人类的痕迹。当时，由于火山同时将那么多的火山灰喷射到了难以置信的高度，整个天空都陷入黑暗之中。一些海域中成千上万平方公里的海水都在沸腾，升腾的水蒸气与火山灰云混合，形成了厚重的乌云，由此爆发猛烈的降水，你很难想象那种场面……"

"那些在太空轨道上的飞船呢？"我问道。

"十二周后，他们不得不返回地球。他们选择从现在的欧洲上空返回地面，因为当时除了那里，地球的其他区域完全没有能见度。七艘飞船中只有一艘成功着陆。

"其余的飞船都被卷入了暴风，摔落在地。当时整个地球上都有这种暴风、旋风，风速达每小时三百到四百公里。旋风出现的主要原因是地表巨大的温差，这又是由于火山的突然爆发造成的。

"这样,那艘唯一幸存的飞船设法降落在了现在被称为格陵兰的地方。船上有九十五名黄种人,他们大都是医生和各个领域的专家。由于是在极其不利的情况下着陆,飞船受到不可修复的损坏,无法再次起飞,然而它仍然可以被当成一个避难所。他们的给养可以维持很长时间,所以这些人尽可能地将让自己振作了起来。

"大约一个月后,他们也全被一场地震吞噬了——包括飞船,这场灾难之后,地球上所有文明的痕迹就都被摧毁了。小行星撞击带来的连锁灾难将新几内亚、缅甸和中国,以及非洲的人口全分散了;尽管撒哈拉地区的受灾程度比其他地区都要小,但所有在红海处建立的城镇都被新生的海洋吞没了。简而言之,地球上没剩下一座城市,无数的人和动物都消失了。于是,不久后,大面积的饥荒开始了。

"不用说,辉煌的澳大利亚和中国文明只剩下了将变成传说的记忆。人们被新生的峡谷和海洋分开,彼此失去联系,地球人类第一次出现了人吃人(cannibalism)的现象。"

第四章

海奥华金色的星球

在涛就要结束她的故事时,我的注意力被她座位旁亮起的各色的光芒所吸引。讲完后她打了个手势,房间的一面墙上就出现了一系列字符和数字。在她仔细地查看后,光消失了,图像也不见了。

"涛,"我说道,"你刚才提到幻觉或者说集体错觉,我不太明白你们是怎么骗过成千上万人的——难道那不是幻术家在舞台上用几个差不多被'选好'的托儿愚弄观众的骗局吗?"

涛又笑了:"从某种意义上来说,你是对的;因为真正的幻术家现在在你们的星球上极为罕见——特别是在舞台上。米歇我要提醒你的是:我们精通各种各样的心理现象,这对我们来说很容易,因为……"

就在此时,飞船剧烈地晃动了一下。涛用惊恐的眼神看着我,脸色全变了,显出极度恐怖的神色。随着一声可怕的巨响,飞船裂成了几块,在我们都被卷进宇宙中时,我还听到了宇航员们的尖叫。涛一把抓住我的胳膊,我俩以令人目眩的速度被抛到了星空中。根据目前的速度,我注意到我们即将和一个彗星相撞，它就和我在几小时前见过的那颗一样。

我感觉涛的手在我胳膊上，但我甚至连转头看她一眼的想法都没有——我被那个彗星彻底吓蒙了，我们即将和它的尾部相撞——那是必然的——并且我已经感受到了它那可怕的热度，脸上的皮肤即将涨破——一切都完了……

"你还好吗，米歇？"涛坐在她椅子上轻轻地问道。我记得我简直要发疯了，我正坐在她对面的椅子上，就是之前听她讲地球上第一个人的故事时的椅子上。

"我们是死了还是疯了？"我问道。

"都不是，米歇。你们星球上有句谚语叫百闻不如一见。所以当你问我我们是怎么骗过一群人时，我立刻就用一场幻觉回答了你。我觉得我本该选一个不太吓人的体验，但在这种情况下，施幻对象所处的状态是十分重要的。"

"太神奇了！我从未想过它可以这样发生——这也太快了。而且是那么真实——整个场面都是。我都不知道该说什么好了……我只想请你别再那么吓我了，不然我会被吓死的……"

"完全不会，我们的肉体就在座位上，我们只不过是将我们的——让我们称它为'星魂（astropsychic）'——与我们的肉体以及其他的身体分开了。"

"那其他的身体都有哪些？"

"其他的有生理的、标准心理的（psychotypical）和灵体，等等，通过一个心灵感应系统——由我的大脑发出，这种情况下它就像一个发报机——你的星魂体就与其他身体分开，与我的星魂体建立了直接联系。

"我想象的一切都被展现给你的星魂体，完全就像它正在发生一样。唯一的问题是，因为没时间让你做准备，我不得不非常谨慎。"

"这是什么意思？"

"噢，就是当你要制造一场幻觉时，接受者，或接受者们应该准备好去看见你想让他们看见的事物。举例来说，如果你想让人们看见天上有艘飞船，让他们期待去看见一艘飞船是非常重要的。如果他们期待的是一头大象，那他们将永远也看不见飞船。所以，当你用合适的词语和操纵巧妙地暗示时，观众就会与你一起期待着看到一艘飞船，一头白色的大象或法蒂玛圣母[①]——一个在地球上的典型例子。"

"对一个人施幻要比对一万个人施幻更容易吗？"

"一点也不是，正相反，只要有几个人产生幻觉，一场链式反应就会被引发。当你使观众的星魂体离体并开始施幻时，他们会互相感应的。这有点像著名的多米诺骨牌——当你推倒第一张牌后，剩下的都会倒下，直到最后一张。

"所以，这是和你玩的一个很简单的把戏。因为你离开了地球，心中多少存有一些疑虑。你不知道接下来会发生什么合乎逻辑的事。

"我利用了这种常见的一个人在乘坐飞行器时总会害怕的情况——有意无意地害怕爆炸或坠机。既然你曾在屏幕上见过彗星，为什么不也利用它一下？如果不让你在靠近它时感觉脸部被烤，我也可以让你在穿过彗尾时以为脸被冻僵了。"

"总而言之，你会把我搞疯的！"

[①] 法蒂玛圣母：是天主教徒给1917年在葡萄牙法蒂玛连续六个月于当月的13日显现给三个牧童而后被天主教会认为"圣母玛利亚"者的称号。

"时间这么短是不会的……"

"但那一定超过了五分钟吧?"

"不过十秒钟——就像做一个梦,或者我应该说一个噩梦,其实它们的发生方式都大致相同。比如,你正在睡觉并开始做梦……你和一匹白色的骏马站在田野中,你靠近那匹马去抓它,但每次它都跑开了。经过五六次尝试之后——那当然要花时间了,你骑上马并开始不停地飞驰。速度越来越快,而你也快乐地沉醉其中。马儿驰骋得如此之快,以至于它的四蹄已不再着地。它飞在空中,田野从你下方掠过——还有河流、平原和森林。

"这真的很棒,之后,一座山出现在视野中,随着你的靠近,它显得越来越高,你不得不开始有些困难地上升。马儿不断地升高——就在即将越过山顶时,它的蹄子踢到了一块石头,你失去平衡掉了下去——落啊落啊——你进入了一个无底深渊……然后你发现自己从床上掉到了地板上。"

"毫无疑问,你会告诉我这个梦用不了几分钟。"

"它其实只持续了四秒。梦的开始就像你将录像带上的视频从某个点倒回去再看它。我知道这很难理解,但在这场特定的梦中,一切都始于你在床上失去平衡的那一刻。"

"我承认我理解不了。"

"我一点也不意外,米歇,想要彻底理解得在这个领域进行大量的研究,而目前在地球上,你找不到任何可以在这个课题上指导你的人。梦不是现在最重要的,米歇,在和我们相处的这几个小时里,你在不知不觉中已经在某些领域有了很大进步,而这才是真正重要的。现在,是时候告诉你我们带你去海奥华的真正动机了。"

"我们要托付给你一个使命,这个使命就是报告你和我们在一起时见到、听到还有体验到的一切。等你回到地球,将它写成一本或几本书。正如你现在意识到的那样,我们观察你们星球上人类的活动已经有成千上万年了。

"这些人中的一部分正走到一个十分紧要的历史关头,我们认为尝试帮助他们的时候到了。如果他们愿意听,我们可以确保他们走上正道。这就是为什么你被选中……"

"可我不是作家啊!你们为什么不选个好作家——那些出名的,或者一个好记者。"

涛对我的激烈反应笑了笑:"那些仅有的、本该这么做、也是必须这么做的作家都去世了——我是说柏拉图和维克多·雨果——而且他们肯定还会在报告事实时对文体进行太多的润色,而我们需要尽可能准确的报告。"

"那你们需要一个记者……"

"米歇,你自己也知道,你们地球上的记者太倾向于哗众取宠了,他们常常会歪曲事实。

"举个例子,你在不同频道或不同报纸之间见过多少次不一致的新闻报道?当一家报道说地震使七十五人丧生,而另一家说是六十二人,还有一家说是九十五人时,你会信哪个?你以为我们真的会信任一个记者吗?"

"你说得完全正确!"我大声说道。

"我们观察过你,就像我们了解地球上的其他一些人一样,我们也了解你的一切——因此你被选中了……"

"可为什么就是我?我并不是地球上唯一能做到客观的人呀。"

"为什么不能是你?在合适的时候,你会明白藏在我们选择背后的根本原因。"

我不知该说什么了。而且，反对是荒唐的，因为我已经参与到了这件事中，没有退路。最后，我得承认自己是越来越喜爱这场太空之行了。毫无疑问，无数人愿意倾其所有来得到这样一次机会。

"我不再和你争了，涛。如果这是你们的决定，我能做的只有服从了，希望我可以胜任这项工作。你考虑过没有，百分之九十九的人都不会相信我所说的任何一句话？对绝大多部分人来说，这都太难以置信了。"

"米歇，在大约两千多年前，人们会相信基督是像他自称的那样，是上帝派来的吗？当然不会，因为如果他们信，他们就不会把他钉死在十字架上了。可现在，无数人都相信了他的话……"

"谁相信他？他们真的相信他了吗，涛？还有，他到底是谁？首先，谁是上帝？他存在吗？"

"我一直在等这个问题，而且重要的是，它是你自己提出来的。在一块我认为是黏土板的远古石碑上写着：太初一切皆无——全是黑暗寂静。

"神灵（The Spirit）——超智神灵（the Superior Intelligence）决定创造世界，他命令四种超级力量……

"人类的思维，即便是高度发达的思维也很难理解这件事。实际上，从某种层面上讲，这是不可能的；但是，你的灵体离开肉体后却可以很好地明白原因。不过我有点说过头了——让我们回到太初吧。

"太初一切皆无，除了黑暗和一个灵魂，那灵魂便是神灵。

"神灵在过去是，在现在也是，无比强大的——强大得远超任何人类的想象。神灵是如此强大，以至于他可以仅凭自己的意愿，就能引发一场通过链式反应产生、威力大到难以想象的核爆炸。事实上，神灵想象出了各种世界和每一个事物——他想象出了如何去创造它们——从最宏观的到最微观的细节。他想象原子时，就像想出了原子的样子和组成等等。他想象运动着的东西应是什么样，也想象了如何让它运动；他想象有生命的东西时，也就想象着这些东西又该是什么样和怎么才能让它们有生命；他想象静止的东西，或看起来是静止的东西时，同样也就想象着这些东西该怎样让它们静止。

"但这只存在于他的想象，一切仍处在黑暗中。一旦对所要进行的创造有了一个全景概念，他就能用他那非凡的精神力量，瞬间创造出四种宇宙力。

"借此，他制造了有史以来第一场也是最大的一场核爆炸——就是地球上一些人所说的'宇宙大爆炸'。神灵在宇宙中心创造了它。黑暗消失了，宇宙按神灵的意愿创造了它自己。"

"于是神灵从过去起就在宇宙中心，现在也是，而且将一直在那里，因为它是宇宙的主人和创造者……"

"那么，"我打断道，"这段上帝的故事和基督教教授的一样，或大致如此，而我从来没信过他们的鬼话……"

"米歇，我说的和现存于地球上的任何宗教都没有干系，特别是基督教。不要把宗教与创世，以及随创世本身而来的简单的一切过程相混淆；也不要把逻辑和不合逻辑的宗教歪曲混为一谈。这个话题我们以后将有机会再谈，那时你肯定会感到惊讶的。

"现在，我要试着继续给你讲创世的故事。在数亿年的时间里（对创世者来说，当然是永远处在'当下'了，但以我们的理解能力来看,那就是数亿年了),所有的世界、恒星和原子都形成了,就像你在学校里学的那样,行星绕着它们的太阳转,可能还会有自己的卫星等等。有时,一些恒星系中的某些行星冷却了——土壤形成,岩浆凝固,海洋出现,陆地连成了大陆。

"终于,这些行星变得适合某些生命形式生存了。在神灵的构想中,这些都属于最初阶段,我们可以称他的第一种力为'原子力(Atomicforce)'。

"在这个阶段,他通过第二种力,构思了许多原始的动植物以及由此衍生出的亚种。我们可以称这第二种力为'卵—宇宙力(OvocosmicForce)',因为这些动植物都是由各种简单的宇宙射线变成的宇宙卵创造的。

"太初,神灵想通过一种特殊的生物来体验感情。他通过第三种力想象出了人类,我们可以称这种力为'卵—星体力(OvoastromicForce)'。由此,人类诞生了。米歇,你过去想过没有,要创造一个人类或哪怕是一个动物需要多大的智慧?借助心脏独立于意识外的无数次搏动才能在周身循环的血液,通过一个复杂的系统使血液变新鲜的肺,神经系统,在五感的帮助下发出指令的大脑,能(立刻)将你的手从炽热的火炉上抽回从而使它不被烫伤的高度敏感的脊髓神经中枢——大脑仅在十分之一秒的时间里就能下达防止你手被烫伤的指令。

"你是否曾困惑过,为什么一颗星球上几十亿个像你一样的人中,没有两个人的指纹是相同的;还有,为什么我们所说的血液'晶态',也像人与人之间的指纹一样独一无二?

"你们地球,还有其他星球上的专家和技术人员已经在尝试创造人体,而且现在仍在尝试,他们成功了吗?至于他们做出来的机器人，即便是最高级的机器人，和人体结构相比也不过是个粗俗的机器罢了。

"回到我刚才所说的晶态吧，最好把它形容为每人血液都独有的一种振动。它和血型无关。地球上的许多宗教都认为拒绝输血是非常'正确'的，他们的理由源自其宗教教义的教导和书籍，以及他们自己对此的理解。不过他们应当寻找真正的原因，那就是两种血液间的不同振动对彼此的影响。

"如果输血量大，受血者会受到一定程度的影响——在一段时间内，影响程度会因输血量的大小而有所不同。当然，这种影响绝不会产生任何危险。

"一段时间后——最长不超过一个月，受血者的血中就不会再有一丝供血者的血液振动了。

"需要一提的是，这些振动更多是生理和液态身体的一种特征，而非肉体的。

"不过米歇，我发现我离题太远了。无论如何，我们俩现在都该回到他们那里去了，我们离海奥华不远了。"

我没好意思问涛关于第四种力的事，因为她已经开始向门口走了，我起身跟在她身后回到了控制室。屏幕上有个人的特写画面，她在缓慢而且几乎不间断地讲着话。同时还有各种鲜艳的光点，穿插着符号的图像和数字在持续地穿过屏幕。

涛让我坐在我之前坐过的椅子上，并让我不要摆弄我的安全系统。她走开去与毕阿斯特拉交谈，后者看起来正在指导其他宇航员——她们都在各自的操作台前忙碌着。最后，她回来并坐在了我旁边的座位上。

"现在怎么样了？"我问道。

73

"飞船正在逐渐减速,因为我们正在接近海奥华。现在我们离海奥华只有8.48亿公里了,差不多再过25分钟就到了。"

"我们现在能看见它吗?"

"耐心点,米歇。25分钟又不是世界末日!"她朝我眨了眨眼,显然心情很好。

屏幕上的特写镜头被广角镜头取代了,我们可以通过它看见宇航中心里的所有景象,就像之前一样。现在,每名宇航员都在各自专用的操作台前全神贯注地工作着,许多"台式电脑"都是靠声控而非手动操作。五颜六色的光点伴着数字飞快地穿过屏幕,整艘飞船里没有一人站着。

突然,就在屏幕的中央,宇航中心被什么替代了……是海奥华!

我一定猜对了——我可以这么感觉到。涛立刻用心灵感应肯定了我的猜测,使我确定无疑。

随着我们的接近,海奥华开始在屏幕上变大。我无法将眼睛从屏幕上挪开,因为眼前的景象已经美得无法形容了。最初,闪过我脑海的词是"明亮",紧接着,"金色"就和它并列了——但这种颜色所产生的效果真是难以描述。如果要造个词的话,可能用"蒸气样的明亮金色"比较合适。这么说吧,我感觉自己就像进入了一个明亮的金色浴室——空气中就像有着细微的金色的尘埃似的。

我们朝着星球缓缓下降,屏幕上已经看不到它的轮廓了,取而代之的是一块大陆的清晰轮廓,它的尽头突兀地向一片海洋延伸过去,海面上点缀着很多各种颜色的岛屿。

我们离得越近,细节也就看得越清楚,不过在着陆时,变焦镜头停止了工作，她们在后来告诉了我这样做的原因。当时，感受最深的是眼前的颜色——看得我都眼花缭乱了。

所有的颜色，每个色调的变化都要比我们的生动。比如翠绿色，它几乎在发光——散发出色彩。而暗绿色则与之相反——它"收敛了"它的颜色。这很难形容，因为这个星球上的色彩没法用地球上的任何颜色比拟。我可以认出一种颜色是红色，但它不是我们所知的红。在涛的语言里有一个词，用来定义在地球以及那些与地球相似的星球上的颜色。我们的颜色是考毕劳卡（Kalbilaoka），我将它译为"暗色"。而她们的颜色是肖索拉克威尼基（Theosolakoviniki）[1]，意思是它们从内部散发出色彩。

很快，我的注意力就被屏幕上一些看起来像蛋[2]一样的东西吸引了——对，是蛋！我看见地面上到处都是蛋：有些蛋的一半覆有植被，还有一些则没有任何遮盖；有些看起来要比别的大；有些平躺着，另一些直立着，看起来尖头朝上。

这场景令我大为震惊，我再次转向涛，正要问她这些"蛋"是怎么回事时，屏幕上突然出现了一个圆圈形的东西，只见它被几个大小各异的球体环绕着。在稍远处，还有更多的"蛋"，它们十分巨大。

我认出这些球体是飞船，和我们现在所乘的这艘一样……

"没错，"涛在她的位子上说，"而且你看见的圆圈就是即将容纳我们飞船的单元，我们正在准备着陆。"

---

[1] Theosolakoviniki——可以从纯正的单色上观察到相似的效果——当光以一个较窄的频率振动时。在把这种颜色展示给作者看时，他证实了这点。在古希腊语中，"Theos"意味着"God(神)"，这会不会是个巧合呢？是不是因为这些颜色"纯洁"故而"神圣"？

[2] 其实我应该说是半个蛋，因为之后看得更清楚了，用半个蛋描述会更贴切一些。

75

"那些巨大的蛋呢？它们是什么？"

涛笑了："建筑物，米歇，不过现在我有更重要的事情要跟你讲。我们星球上会有许多让你吃惊的东西，但有两样能对你造成伤害，因此，我必须确保你有一些基本的预防措施。海奥华的重力与你们星球上的不同，你在地球上的体重是七十公斤，而在这里——将是四十七公斤。如果你在离开飞船时不小心点，活动起来会有失去平衡的危险，你很轻松就能迈一大步，但结果可能会是摔倒并伤到自己。"

"这我就不明白了，在飞船上我感觉挺好啊。"

"我们将飞船内部的重力变得和地球上的一样——或几乎相同。"

"那你肯定会很不舒服，依你的个头，你肯定得有六十多公斤的额外体重。"

"我们的身体确实会在这种重力下变重，但我们用一种半抗引力的手段将其中和了。这样，我们就不会感到不适，同时还能高兴地看着你在我们中间自由活动。"

一阵轻微的震动表明我们已经着陆，这场非凡的旅程结束了——我的脚就要踏上另一个星球了。

"第二点，"涛接着说道，"你得戴上一个面罩，至少戴一段时间，因为这光亮和色彩会让你彻底沉醉，使你就像喝多了一样。那些色彩的振动会作用于你生理上的某些点，在地球上，这些点只受到很少、很轻的刺激，以至于在这里将导致不幸的后果。"

座位上的安全力场刚好被"关闭"，我又一次可以自由自在地活动了。屏幕空了，但宇航员们仍在忙碌着。涛领我走出门口，回到那间我第一次进入时在里面躺了三个小时的房间。在那里，她拿出一个很轻的面罩，并将我面部从额头到鼻子下方都遮住了。

"我们走，米歇，欢迎来到海奥华！"

我们沿着飞船外一条很短的通道走，突然，我感觉自己变轻了。这感觉太妙了——虽然有些不知所措，因为我好几次都失去了平衡，还要再靠涛扶住我。

使我惊讶的是，我们没看见一个人。地球上的思维方式使我期盼着自己受到热烈的欢迎：蜂拥的记者，闪烁的相机，或者别的类似的，也许是一条红地毯！国家元首为什么不亲自来？上帝啊，这些人总不能天天被外星人拜访吧！可是什么也没有……

走了一小段后，我们来到路边的一个圆形平台上。涛在平台中的一个圆形座位上坐下，并示意我坐到她对面。

她拿出一个长得像对讲机的物体，之后我立刻就感到自己和在飞船上时一样，被一个无形的力场定在了座位上。平台在一阵几乎听不到的嗡嗡声中十分轻缓地升高了几米，然后飞快地朝那些大约在八百米外的"蛋"飞去。稀薄的空气带着淡淡的清香，扑在我鼻子下方未被罩住的部分，使我感觉非常舒服。气温大约是二十六摄氏度。

我们只用了几秒就到了，接着我们穿过了其中一个大"蛋"的墙壁，就像穿过一层云一样。平台停了下来，并缓缓地落在这"建筑物"的地板上。我朝四周所有的方向看了看。

这似乎很不合理，但"蛋"确实不见了。我们的确是刚进到"蛋"里，然而却在四周看见了一望无际的田野。我们能看到降落场和停在那里的飞船，就像我们还在外边一样……

77

"我理解你的反应,米歇,"知道我在想什么的涛说道,"等会儿我就给你解答心中的疑问。"

不远处有二三十个人,她们都在操作台和屏幕前,显得有些忙碌。那屏幕上闪烁着彩色的光——和在飞船中见过的一样。空气中弥漫着一曲非常轻柔的音乐,我心中的幸福感油然而生。

涛示意我跟着她,我们朝靠近这个大"蛋"内壁的其中一个小"蛋"走去。一路上,我们遇到的所有人都高兴地表示了欢迎。

值得一提的是,在屋里行走时,我和涛成了奇怪的一对儿:因为巨大的身高差异,我俩在并肩行走时,她需要放慢脚步才能让我不至于跑着跟上她。我的动作更像丑陋的跳跃,因为每当我试图加速时都弄巧成拙了。我的肌肉习惯于移动七十公斤的重量,而现在我需要学会调整它移动四十七公斤的重量——你应该能想象出这种滑稽的效果。

我们朝着小"蛋"壁上一个明亮的灯走去。尽管戴着面罩,我仍能清晰地感受到它的亮度。我们从灯下走过,穿过墙壁走进一个房间——我立刻就认出了那个曾出现在飞船特写镜头上的人,其余面孔对我来说也是熟悉的。我意识到我现在在宇航中心。

涛取下我的面罩:"现在没问题了,米歇,在这儿你不需要戴它。"

她将我介绍给在场的十二个人,她们全都说了些什么,然后将一只手放在我的肩上表示欢迎。

她们的脸上都洋溢着真挚的快乐和善良,我被她们的热情欢迎深深地感动了,她们就像把我当成了她们的一员一样。

涛解释说她们的主要问题是：他为什么这么悲伤——是生病了吗？

"我那不是悲伤！"我抗议道。

"我知道，但她们还不习惯地球人的面部表情。这里人的面容，如你所见，都表现出一种永恒的喜悦。"

确实如此，她们看起来好像每时每刻都在收到极好的消息一样。

我感觉这里的人有些奇怪，一瞬间，我意识到，我见过的所有人好像都是同一个年龄！

第五章

学会在另一个星球上生活

看来涛在这里的人缘也极好，一回来大家就问了一连串的问题，她都一如既往地用那自然开朗的微笑一一回答。但没多久，有几位主人被要求继续她们的工作，我们也知趣地离开了。于是我再次戴上面罩，在一片友善的手势和祝愿声中，我们离开了眼前这些以及那些在大房间里的人，大家都对我们友好地挥手告别。

我们回到飞行器，然后立即加速朝着远处一片触目可及的森林飞去。飞行的高度在五到六米，时速我估计在七十到八十公里。空气温暖芬芳，我又沉浸在愉悦当中——这种愉悦是我在地球上从未体验过的。

我们来到森林尽头。我记得当时自己被那些最大的树深深地震撼了。它们看起来得有二百多米高，直耸云天。

"最高的树有二百四十地球米，米歇，"我还没问，涛就讲解道，"底部直径在二十到三十米之间。

"其中一些已经生长了八千多海奥华年了。我们的一年有三百三十三天，一天有二十六卡瑟，一卡瑟有五十五劳瑟，一劳瑟由七十个卡西奥组成；而一卡西奥就和你们的一秒差不多。你是想去你的'住所'还是先看一下森林?"

"我们先参观森林吧,涛。"

飞行器立即大幅减速,我们在林间滑翔,有时甚至是停住以便更仔细地观察一些高度从几乎贴地到接近十米的植物。

涛驾驶着"飞台",精准和熟练程度令人叹服。我们的飞行器和涛的驾驶方式使我想起了飞毯——一场穿梭于这壮观丛林低处的魔幻之旅。

涛将身子前倾摘下我的面罩。林底的矮树丛散发出明亮柔和的金色光芒,但我感觉并不刺眼。

"米歇,现在是你开始适应光线和色彩的好机会,快看!"

顺着她的目光望去,我发现三只色彩斑斓的巨型蝴蝶正栖息在高处的树枝间。

这些鳞翅目昆虫的翼展肯定得有一米多,它们正在高高的树枝间拍打着翅膀,但幸运的是它们飞得越来越近了,让我看清了它们那蓝色、绿色和橙色的翅膀……那场景我记忆犹新,恍如昨日。当它们用有着奇妙流苏的翅膀撩过我们时,那场景美到让人窒息。其中一只飞过来落在一片离我们只有几米的树叶上,让我能够欣赏它那被金色和银色环绕着的身子和碧绿的触角。它的口器是金色的;宝蓝色的条纹和暗橘色的菱形相间在绿色的翅膀正面;翅膀背面虽然是深蓝色的,却发着光,就像在上方有一个投影仪把它照亮了一样。

在这只巨型昆虫停在树叶上的这段时间里,它好像还发出了一阵轻柔的口哨声,这让我很是惊讶——以前我在地球上时自然从未听到一只鳞翅目昆虫发出过任何声音。当然,我们现在不在地球而是在海奥华,让人更吃惊的事情还在后面。

81

林地地面上生长着种类极其丰富的植物，一个比一个奇特。它们把地面遮得严严实实，但我注意到其中鲜有灌木，想必是林中那些巨树阻碍了它们的生长。

　　它们中最小的像一种附在地面上的苔藓，而最大的像一大丛玫瑰。有一种植物的叶子像手掌一样厚，并且还有各种形状：有的像心形或圆形；有的却非常细长。它们的颜色更倾向于蓝色而非绿色。

　　各种形态和颜色的花儿交相辉映——里面居然还有纯黑色的花。从我们所在的几米的高处望去，一片壮丽缤纷。

　　我们一直升到森林最高处的枝叶间，在涛的要求下，我又戴上了面罩。之后，我们从树冠里飞出，在略高于这些巨树枝头的空中缓缓移动着。

　　光线在森林上方再次变得十分强烈，我感觉自己仿佛穿梭在水晶王国中。

　　奇妙的鸟儿栖息在那些较高树木的顶端，它们瞅着我们经过，一点儿也不害怕。鸟儿的颜色绚丽缤纷，在面罩的增暗效果下仍然让我感觉是一场视觉盛宴。这里有着各种身着蓝色、黄色、粉色和红色羽毛的金刚鹦鹉，其中还有一种天堂鸟，大摇大摆地走在一大群看起来是蜂鸟的鸟儿间。

　　这些蜂鸟鲜红的身子上点缀着点点金色。天堂鸟红色、粉色和橙色的尾羽得有两米五长，而它的展翼差不多也有两米。

　　这些"宝石"起飞时，翅膀内侧露出的是一种非常柔和的淡粉色，而尖端则带有一抹宝蓝色——这太出人意料了，特别是当它们的翅膀外侧尖端还是一种橘黄色时。它们头上有着很大的冠羽，每片羽毛的颜色都不同：黄色、绿色、橙色、黑色、蓝色、红色、白色、奶酪色……

我总是努力想要描述在海奥华上所见的颜色，可始终找不到贴切的词语，这让我沮丧不已——我觉得我需要一整套新词典，因为现有的词汇使我无法胜任这项任务。我一直感觉这些颜色是从我所见的物体内部发出，而且种类也远比我知道的要多得多。在地球上，我们可能知道十五种红色，但这里肯定超过了一百种……

吸引我注意的不只是色彩，自从我们开始在森林上方飞行就听到的声音也使我想让涛为我讲解一下——它就像一种背景音乐，非常轻柔，有些像一支长笛在远处不断地吹奏着同一个曲子。

随着我们的移动，那音乐似乎也在发生变化，但最终还是变回原来的曲调。

"我听到的是音乐吗？"

"那是由成千上万只昆虫发出的振动和阳光照在某些植物上——比如说西奴西——反射出的色彩的振动相混合时，制造出的让你听起来非常有乐感的声音。而我们则只在有意感应它时才会听到，因为它早已成为我们生活和环境的必要部分。听着很放松，是不是？"

"当然。"

"据专家们说，如果这些振动消失，我们的眼睛会有大麻烦的。乍一听这可能会有些奇怪，因为这种振动看起来更像是能被耳朵而非眼睛感受到。但专家毕竟是专家，无论如何，我们并不为此担心，因为他们也说过这种振动消失的可能性相当于太阳在明天消失的概率。"

涛把飞行器转了个方向。一会儿的工夫，我们就离开了森林，飞到一片平原的上空，平原上流淌着一条碧绿的河。

我们降到大约三米的高度后开始沿着河道飞行。现在，我可以看到奇异的鱼儿在水中嬉戏——这种鱼与其说像鱼不如说更像鸭嘴兽。河水就像水晶一样清澈透明,从我们所在的高度连最小的卵石都能辨清。

向上望去,我发现大海离我们越来越近。在一片有着金色沙子的沙滩尽头,长得像椰子树的棕榈树高大得让人举目生畏,在风中骄傲地晃动着它们的叶子。一段沙滩上方是一些小山,小山上镶满了鲜红色的岩石,与湛蓝的海水相映成趣。

大约一百多人正在沙滩上晒太阳或在透明的海水中完全赤裸地游泳。

我感觉有点恍惚,不但是因为这些接踵而至的新奇事物,而且也因为由于重力改变导致的一直以来的轻快,这种感觉使我想起了地球——多么陌生的一个词,而且现在再让脑海中浮现出地球的画面该有多难啊!

看见和听到的振动也极大地影响了我的神经系统,像我这么一个经常高度紧张的人,现在也彻底放松了——就像我跳进了一个温暖的浴池中,听着柔和的音乐任凭身体浮在泡沫中……

不,甚至比那还要放松——放松得我感觉自己都快要哭了。

我们飞快地前进着,在离海浪大约十二米的高度穿过了这片巨大的海湾。视野中可以辨认出一些点——有大有小,我意识到它们是岛屿,而且显然是在海奥华着陆前我曾看到的那些。

在我们飞向最小的岛时,我低头看见一大群鱼正在下方跟着我们,它们正在交叉穿过飞行器投在海面上的影子嬉戏着。

"它们是鲨鱼吗?"我问道。

"不,它们是达吉克——你们地球上海豚的兄弟。你看,它们和你们的海豚一样喜欢玩。"

"看,"我打断涛的话,"看!"

涛往我指的方向看去并笑了起来——我震惊地看到一群人在看起来没有任何工具辅助的状态下朝我们靠近。

她们在距海面约两米的空中直着身子,不仅悬浮着,而且还在飞快地向我们驶来。

我们的路线很快就交错了,大家都友好地挥手致意。与此同时,一股幸福的暖流穿过我全身并持续了数秒,这种感觉和之前拉涛利所创造的感觉一样,我想这应该就是这些"飞人"的问候。

"他们是怎么做到的?那是悬浮术吗?"

"不是,他们在腰上戴着一个塔拉①,手里拿着一个利梯欧拉克②。它们能产生特定的振动中和行星的冷磁力,由此中和地心引力,这样,即使是几百万吨的物体也会变得像羽毛一样轻。然后,通过另一种类似于超声波的振动,使用者就可以准确地飞向任何他们想去的方位,就像他们现在这样。在这个星球上,所有想出行的人都会用这个方法。"

"那我们为什么要用这个飞行器呢?"我问道,心里很想试试那种设备。顺带一提,它还是完全无噪音的。

"你心急了,米歇。我这样带着你是因为你还不能用利梯欧拉克飞行,如果不加以练习的话,你会受伤的。可能的话,以后若是有时间,我会教你怎么用它。看,我们快到了。"

的确,我们正在快速接近一座小岛,而且能清楚地看见几个人正在一片金色的沙滩上晒太阳。几乎眨眼的工夫,我们就飞到

---

①塔拉是在你要飞行时戴上的一个像腰带的装置。
②利梯欧拉克是一个在你飞行时配合塔拉使用的装置,不过是拿在手上的。

85

了棕榈树下，开始沿着一条宽阔的道路飞行，道路两旁是开满鲜花的灌木丛，香气扑面而来。昆虫、蝴蝶和鸟儿的声音与色彩使这里生机盎然。

飞行器贴着地面缓缓地前进，经过路的最后一个拐角后，我们来到一个"小蛋"旁，它坐落在小树丛和开着花的藤蔓间。看来这个星球上的所有建筑都是蛋的形状，大多数"蛋"都是平躺着的，但有时也有像我说过的那种尖端向上的"蛋"。"蛋壳"是米白色的，无门无窗。

眼前这个蛋是平躺的，显然有一半埋入了地中。它长约30米，直径约为20米——比我之前见过的那些小太多了。

涛将飞行器停在一盏很亮的灯前，那灯固定在墙壁中央。我们离开飞台走进住所，在跨进去时，我感到了一股轻微的压力，它轻得和一团鸭绒似的，我记得之前我们穿过宇航中心的墙壁时体验到的也是这种感觉。

这些建筑没有门窗就已经很特别了，但一到里面，就显得更不同寻常了，就是我之前提过的，总体感觉和还在外面似的。

到处都是令人惊叹的美丽色彩：蝴蝶、花朵、绿色的植物、将上方蓝中带着淡紫色的天空分开的树枝……我记得当时刚好有只鸟儿飞到"屋顶"的正中歇憩，而我们能清楚地看见它的脚底，就像被施了魔法似的定在了半空中一样——效果相当神奇。

唯一将室内外区分开的标志是屋内的地毯，它上面摆着看起来挺舒适的椅子和大柱脚桌。当然了，这些家具都是大尺寸的——适合这些"大块头"的人们。

"涛，"我问道，"你们是怎么做到让墙壁透明的？为什么我们不能从外面看见里面？还有，为什么我们可以穿过你们的墙壁，就像刚才那样？"

"首先，米歇，让我们先把你的面罩摘下来，我会调节一下室内亮度使它在你的承受范围内。"

涛靠近一个在地毯上的物体跟前，然后碰了碰它。当我拿下面罩时，发现光芒的本质虽然没有变化，但光线的可承受程度和我戴着它时一样。

"你瞧，米歇，这个住所的存在是基于一个非常特殊的磁场，我们效法了大自然中的力以及大自然的创造来达到我们的目的。让我来讲一下：任何事物——人、动物或矿物，都有一个环绕着自己的场。比如说人体就被一个辉光和一个椭圆形的以太力（场）环绕着，你知道这些，对不对？"

我点点头。

"后者一部分由电流构成，而在更大程度上讲，是由一种被我们称为阿瑞奥克思汀纳基（Ariacostinaki）的振动组成。

"在你活着的时候，这些振动一直发生着以保护你，而且它们和辉光的振动还不是一回事。说到我们的住所，我们的效仿也是一种自然原理，在一个核的四周创造出一个矿质的电——以太振动。"

涛指了一下屋子中央一个位于两把椅子中间的"蛋"，只见它和鸵鸟蛋一样大。涛说道："米歇，你能推一下这把椅子吗？"

我看了看涛，觉得十分惊讶。她从没要求我做过任何事，何况这把椅子也着实不小。我费劲地推了推。但着实有些困难，因为椅子的确太重，不过我还是成功将它移动了约五十厘米。

"很好，"她说道，"现在把那个蛋递给我。"

我笑了，相比之下，这个任务容易多了。我可以用一只手轻而易举地将它拿起来，但为了防止它掉到地上，我还是用了双手……我一个趔趄跪倒在地,没想到它重得使我失去平衡!我站起来又试了一次,这次用了全力……它纹丝不动。

涛拍了拍我的肩:"看着!"

说着,涛走向那把我觉得很难移动的椅子。只见她把一只手放在椅子下面,然后将它举过了头顶。在把它放下来时,她仍然是用单手,显然毫不费力。之后,她双手抓住那蛋,鼓足了所有的力气又推又拉,累得脖子上青筋暴突,那蛋也依旧纹丝不动。

"它被焊在地板上了。"我说道。

"不,米歇,它是正中心,不能被移动的。它就是我刚才所说的核心,我们在它周围制造了一个力场,这力场强到连风雨都无法穿透。至于阳光,我们可以调节它的入射量。在其上歇脚的鸟儿也会因其体重尚不足以穿透这个力场而不会掉下来,如果偶然真的有那么一只较重的鸟落在上面,它会开始下陷,这将吓得它立刻飞走而不发生任何意外。

"太巧妙了!"我说道,"那入口的灯有什么意义呢?难道我们不能从任何位置穿墙而入吗?"

"的确,我们可以那样。只是由于从外面看不到里面,你无法知道从别处进会不会撞到屋里的家具。通常,在最合适进入的地方的外面都会有一盏灯作为标志。来吧,让我带你四处看看。"

我跟着她,并在一个装饰富丽的小隔墙后面发现了一处非常雅致的设施:一个微型游泳池,看起来好像是由绿色的斑岩砌成;旁边还有个与之相配的洗手池,洗手池上方有只斑岩天鹅,它弯着脖子,张着嘴……美轮美奂。

涛将手伸到天鹅嘴下面,立刻就有水流过她的手并流进了洗手池中,她缩回手,水也跟着停了。她示意我也试一试。这洗手池约有一米五高,所以我这不得不将胳膊高高抬起,不过我成功了,水又一次流了出来。

"真灵巧!"我说道,"这座岛上有可饮用的水源吗?还是你们得打井?"

涛又被逗乐了,露出明亮的微笑,我对她这种反应已经很习惯了。每当我说一些她觉得"离奇"的事情时,她都会这样。

"不,米歇,我们获得水的方式和你们在地球上的不同。在这只优雅的石鸟下面是一个装置,它能将外面的空气抽进来并转化为所需的饮用水。"

"那么棒!"

"我们只不过是应用了一条自然规律而已。"

"还有,如果要热水该怎么办?"

"用电——振动力。如果要温水,你把脚放到这儿;要开水,就放到那儿。控制这装置功能的按钮在它边上……不过这些都只是物质上的琐碎细节罢了,没太大意义。"

"这边,"涛顺着我的目光说道,"是休息区,你可以在那躺下。"她指向地板上一个厚厚的床垫,只见它向蛋的底基稍微凹陷了一些。

我躺了下来,立刻就感觉自己像漂浮在地面上,虽然涛还在说话,我却听不见她的声音了。她在一片雾幕中消失了,好像周围是团团棉絮,将我裹在浓雾之中。与此同时,我还听到了阵阵音乐声,整体效果就是让我得到了极大的放松。

我又站了起来,并在几秒后又能听到涛的声音了,随着"雾"的升起和消失,她的声音也越来越大。

"感觉如何,米歇?"

"真是舒服极了，"我兴奋地说道，"但还有个地方我还没看，那就是厨房——你知道对法国人来讲，厨房有多么重要！"

"这边，"她又笑了起来并朝另一个方向走了几步，"看见这个透明的抽屉了吗？在里面你可以看见各种隔间，从左到右分别是鱼、贝类、蛋类、奶酪、乳制品、蔬菜和水果，在这最后的一个隔间里放着你们所谓的'吗哪'就是我们的面包。"

"你不是在戏弄我就是在和我开玩笑，我在你抽屉里看见的全是一些红色、绿色、棕色和这些颜色的混合物……"

"你看到的是各种食物的浓缩品——鱼、蔬菜等等，它们是由出色的厨师用各种特殊工艺制作出来的品质最好的食物，你尝下就会发现这些食物既美味又富有营养。"

接着涛用她的语言说了几句话。没多久，我的面前就摆上了一个盘子，选出来的食物在上面摆成悦目的样子。尝了一下，它的味道使我惊喜起来；尽管它和我此生之前所吃过的任何食物都完全不同，但确实很美味。我在飞船上已经品尝过吗哪了，在又吃了一些后，我发现它和盘子里的食物是很好的搭配。

"你说这种面包在地球上被称为'吗哪'，它是怎么出现在地球上的呢？"

"它是我们宇航飞船上的一种常备食品，非常实用、易压缩而且富有营养。实际上，它是一种由小麦和燕麦制成的全营养食物，单凭它就可以让人存活好几个月。"

就在这时，我们的注意力被几个前来的人所吸引。她们贴着地面在树冠下飞着，之后落在了"蛋"的入口，解下各自的塔拉后将其放在了一块大理石上。显然，那块大理石的用途应该就在于此。她们陆陆续续走了进来，我高兴地认出她们是毕阿斯特拉、拉涛利和飞船上的其余成员。

她们已将宇航服换成了颜色闪闪发亮的阿拉伯式长袍（后来，我知道了为什么每件长袍的颜色都和穿着它的人那么搭配）。此刻，我有些难以相信她们就是我在宇宙飞船上所认识并交谈过的那些人——她们的变化太大了。

拉涛利走向我，脸上洋溢着灿烂的笑容。她将手放在我肩上并通过心灵感应问道："你好像有些发愣，亲爱的，你不喜欢我们的住处吗？"

她"读"出我的欣赏和赞美，为之高兴起来，并转身向其他人转述了我的答复，她们都立刻快速而又热烈地讨论起来。她们都坐了下来，自然得比我更像在自己的住所中。我有一种鸡处鹤群的奇怪感觉，因为这房间里的家具均为她们量身打造，和我显然很不匹配。

涛去"厨房"在一个盘子里装满了吃的东西。在她说了句话后，所有的手都伸向了盘子，只见它缓慢地升到了空中。

盘子在屋内盘旋，不用碰就在每位客人的面前停下来。终于，它停在了我面前，我怕把它打翻，小心翼翼地拿了一杯蜂蜜水（这动作把大家都逗乐了）。盘子停止飞行，返回了它原来的地方，之后所有的手也都放了下来。

"那是怎么做到的？"我问涛。她们都用心灵感应明白了我的问题，一下子都笑了起来。

"米歇，通过你可以称为'悬浮术'的能力，我们可以随便将自己升到空中。但那只不过是我们的一种娱乐方式而已，没什么太大意义。"说完，盘着双腿的她升到了椅子上方并开始在屋里飘浮移动，最终静止在了半空中。我注视着她，但很快就意识到我是屋里唯一一个对她这种技能感兴趣的人。确实，我看起来一定很白痴，因为所有的眼睛都在盯着我。显然，涛的行为对我的朋友们来说太普通了，她们更对我脸上惊愕的表情感兴趣。

涛缓缓地落回她的座位上。

"米歇，我展示的是你们地球人现已丢失的许多科学中的一种——现在地球上只有极少数人还能这么做。过去曾一度有许多人在练习包括这种能力在内的许多能力。"

我和我的新朋友们度过了一个愉快的下午，大家都自由自在地用心灵感应交流，直到太阳落到天边。

最后，涛说道："米歇，这个'都扣'——就是我们对这个星球上居所的称呼，将是你在海奥华的临时住所。现在我们要走了，好让你在晚上睡觉。如果你想洗澡，你知道怎么调水。你可以睡在那个放松的床上，但尽量要在接下来的半小时内准备完毕，因为这个住所里没有灯。我们在夜晚能像在白天一样看清物体，所以不需要它。"

"这建筑安全吗？我在这里安全吗？"我担心地问。

涛又笑了："在这个星球上，你在市中心的地面上睡都比你在地球上有着武装警卫、警犬和安防保护着的大楼里睡要安全。"

"在这里有的只是高度进化的人类，所以自然没有像你们星球上罪犯那样的人。在我们眼里，他们就像最坏的凶兽。就说这些吧，晚安。"

涛转身穿过都扣的"墙"加入到她的朋友中去了，她们一定也给她带了一个"利梯欧拉克"，因为她和大家一起飞走了。

随后，我开始为度过在海奥华上的第一个夜晚做准备。

第六章

七圣贤和辉光

橙黄色和红色的火焰环绕着一团巨大的蓝色火焰,一条庞大的黑蛇横穿火焰向我冲来。一群不知从何而来的巨人奔跑着试图要抓住那蛇,他们七个一齐在黑蛇就要到我面前时制止住了它,可是它掉头吞掉火焰,接着像条龙一样将火喷向了巨人。巨人们被变成和他们模样一样的巨大雕像,镇立在巨蛇的尾巴上。

蛇变成一颗彗星带着这些雕像飞走了——一直到了复活节岛。接着,雕像们开始向我打招呼,它们都戴着一顶奇怪的帽子。其中一个样子像涛的雕像抓着我的肩膀说:"米歇,米歇……起床了。"涛摇着我,温和地笑着。

"我的天!"我睁开眼睛说道,"我梦见你是复活节岛上的一个雕像,而且当时你正抓着我的肩膀……"

"我是复活节岛上的一个雕像,并且我刚才确实抓着你的肩膀。"

"无论如何,我现在不是在做梦,对吧?"

"不是,但你的梦的确很奇怪,因为复活节岛上的确有个雕像是在很久前雕刻出来纪念我的,而且被冠以了我的名字。"

"你在说什么啊?"

"单纯的事实，米歇。不过我们会在合适的时候给你讲明这一切的。现在，你先试下我给你带的这些衣服吧。"

涛递给我一件色彩缤纷的长袍，这使我很开心。泡了一个香喷喷的热水澡后，我换上了它。十分出乎我意料的是，一种幸福感紧接着弥漫了我全身。我将这告诉了涛，她正拿着一杯牛奶和一点吗哪在等着我。

"你长袍的颜色是根据你的辉光设计的，这就是为什么你会感觉很好。如果地球上的人能看见辉光，他们也可以选择适合他们的颜色，由此增强他们的幸福感。他们更应该利用色彩而非阿司匹林。"

"你能讲得更细点吗？"

"我给你举个例子吧。你是否记得有人曾这么说过：'哎，这些衣服一点也不适合他，这人真没品位。'"

"是啊，的确常有人这么说。"

"嗯，在这种情况下，这些人不过是选衣服的能力要比别人差，或不太擅长搭配衣服罢了。就像你们法语说的那样，他们'抵触'或'相冲'了，但这更多是看在了别人而非他们自己的眼中。不过，这些人自己也会不知缘由地感觉不适，如果你提醒他们这是由于他们着装的颜色，他们会觉得你是个怪人；你可以解释说那是因为颜色的振动和他们的辉光不协调，不过那样他们就更不会信你了。在你的星球上，人们只相信他们看得见摸得到的……然而辉光是可见的……"

"辉光真的有颜色？"

"当然了，辉光振动的颜色在持续变化着。在你的头顶，有一个真正的色彩束，那里面几乎有你所知的所有颜色。"

"还有一个金色的光环也是环绕着头部的，但它只在那些心灵修养极高的人和那些牺牲自己帮助他人的人的头部才能真正显现。它类似一片金雾，就像地球上的画家用来描绘基督或'圣徒'的那种光环。他们的作品中之所以包含光环，是因为在那些时代，有些画家真的能看到它。"

"嗯，我曾听说过这回事，但我更喜欢听你讲这些。"

"辉光里含有一切色彩。有些人的辉光会强一些，而有些人的则比较黯淡，比如身体不好或居心不良的人……"

"我真想自己也能看见辉光，我知道有人能看见它。"

"非常久以前，地球上的很多人都可以看见辉光并理解它的含义。但现在这样的人已经很少了。静下心来，米歇，你会看到它的，而且是不止一人而是很多人的辉光，其中也包括你自己的。不过现在我想让你跟着我，因为我们得向你展示很多事情，但现在时间却不多了。"

我跟着涛，她将面罩戴在我脸上，领我走向我们昨天用过的那个飞台。

我们一坐好，涛就立刻开始控制飞台，使它避开那些位于低处的树枝。

不一会儿，我们就出现在了沙滩上。

刚从小岛后方升起的太阳照亮了海水和周围的岛屿，从水平方向看去，效果真是奇妙极了。在我们沿沙滩前进时，我可以透过树林看见位于花丛中的其他都扣。沙滩上，附近的居民或在透明的海水中沐浴，或一同在沙滩漫步。当我们经过时，她们都望向我们，显然是惊讶于飞行器的出现。我意识到这不是岛上的常用交通工具。

在此还应一提的是，尽管海奥华上游泳和日光浴的人都是一丝不挂，但那些在散步或是出行的人还是都穿着衣服的。在这个星球上，既没有伪善、裸体癖，也没有虚假的谦虚（这会在之后解释）。

没多久，我们就到了岛的尽头，涛控制飞台开始在海面上加速。

我们向着一座可以在视野中看到的大岛飞去，我不禁开始赞叹涛驾驶飞台时的灵巧技术，特别是当我们到达这个岛的海滩时。

在飞向海滩时，我看见了几个巨大的都扣，它们的尖端也是向上的。我数了一下，一共有九个；不过在岛上的植被中还散布着一些较小的、不太显眼的都扣。涛升高了高度，我们很快就飞到了涛称为fotraguodoj'Doico——"九都扣城"的上空。

她熟练地将飞台降落在了都扣间的一个美丽的花园中，尽管戴着面罩，我还是觉得笼罩着这些都扣的金色薄雾要比海奥华其他地方的浓很多。

涛肯定了我的感觉，但她并没有马上就给出解释，因为她们在等着我们。

她领我走在一条林荫路上，这路穿梭于小池塘间。美丽的水鸟在那里嬉戏，小瀑布水声潺潺。

我发现自己几乎要跑着才能跟上她，但我并不想请她放慢脚步。她显得有心事的样子并不像她的一贯风格。这期间，当我尝试跳起来追上她——同时也是给自己找个乐子时，我差点惹出祸来。由于重力不同，我误判了跳跃距离，因此不得不抓住一棵树——它正好长在水边，不然我就掉下去了。

终于，我们到了中央都扣并在入口灯下停了下来。涛好像专注了几秒，之后推着我的肩膀与我一同穿过了墙壁。

她立刻取下我的面罩，同时建议我将双眼半闭，我照做了。光线经过我的下眼睑，没过多久，我又可以正常睁开眼睛了。

我得说，这里比我住的都扣里强很多的金色光辉使我一开始感觉十分不适。当时我很好奇，特别是因为涛——平常举止十分自然，和每个人接触时都不拘礼节的她，现在看起来却突然变了个样，为什么？

这都扣的直径一定得有一百多米。我们放慢脚步，径直走向中央。那里有七个人坐在各自的座位上，围成了一个半圆。座位上的人就像石化了一样，起初我还以为他们是石像。

他们的外表像涛，不过更长的头发和更庄严的面部表情使他们有着一种长者气质。他们的眼睛似乎在从深处放出光芒，这多少使我有些不安。最震撼我的是，这里的金雾居然比外面还要重，看起来就像凝成了他们头部的光环。

我没记得自己从十五岁起还畏惧过什么人，不管一个人多伟大，不管他多重要（或我认为他们重要），我从未因他的地位而感到害怕；在对任何人表达自己的观点时，我也从未有过不安。对我来说，一国总统也不过就是个人，当人们把他们当成贵宾时，我都会感到好笑。我讲这些是想说明，仅凭一个人的身份和地位并不能震住我。

在都扣里，一切都变了。

当其中一人抬手示意我和涛可以面向他们坐下时，我真的充满了敬畏之意，但这个词是苍白的——我从未想过这样浑身发光的人真的可以存在：仿佛他们身体里着了火，从内向外放射着火光。

他们坐在块状座位上，那座位上覆盖着织物，靠背挺直。每个座位的颜色都不一样——有的只是略微不同，而有的则和旁边的大相径庭。每个人衣服的颜色也都不一样，但全和穿衣者非常相配。他们全都用我们在地球上称为"莲花式"的姿势坐着，也就是佛陀和佛教徒们坐禅时双手着膝的那种姿势。

就像我之前提过的那样，他们坐成了半圆形。因为一共有七个人，我觉得中间那位应是最重要的，两旁各有三位助手。当然了，由于当时我太震撼以至于并未注意到这些细节，这只是我后来才想到的。

正中的那个人开口了，他的声音十分悦耳，同时也十分威严。我为之惊愕不已，特别是发现他说的是地道的法语时。

"米歇，欢迎你来到我们当中，愿神灵帮助和开化你。"

其他人也应声道："愿神灵开化你。"

他缓缓地升到座位上方——仍然保持着莲花式打坐的姿势，向我飘来。由于之前涛给我展示过悬浮术，这并没有使我特别吃惊。这位高大的而且极具灵性的人让我的内心升起无比的敬意，我不禁想要站起来致敬。但就在我想要站起来的时候，我发现自己就像僵在了椅子上，根本动弹不得。

他停在我的前上方，将双手放在了我的头上：大拇指在我鼻子上方的额头处相触，正对松果体；其余的手指在我头顶相合。这些细节都是涛后来讲给我的，因为当时我完全沉浸在了一种震撼人心的感觉中，并没有记住这些事情。

他的手停留在我头上时，我的身体好像不复存在了。一股柔和温暖而又淡雅的香气像波浪一样自我体内散发出来，并和隐约可闻的轻柔音乐融合在了一起。

突然，我可以看见奇妙的色彩环绕在对面的那些人身上，这位"领袖"缓缓地退回他的座位时，他周身都环绕着灿烂的光辉，这些都是我之前看不见的。环绕着这七人的主要颜色是一大团淡粉色，使他们就像在一片云中，而且他们的动作引得那绝妙的亮粉色也将我们包了起来！

当我终于缓过神，转头看向涛时，发现她也被极其漂亮的颜色环绕着——不过她的颜色不如那七个人那么耀眼。

你会注意到，在提到这些伟大的人时，我本能地用了"他"而非"她"。要解释这点，我只能说是因为这些独特的人的人格是如此之强，还有他们的举止是那么威严，以至于我感觉他们的男性特点多于女性特点——我没有贬低女性的意思——我的反应是本能的，这有点像把玛士撒拉（Methuselah，《圣经》中最长寿的人物，活了九百六十九年）想成一个女的……然而，不论男女，他们确实改变了我——我知道环绕在他们身上的色彩就是他们的辉光，我能看见辉光了——谁知道能看多久呢——并为自己眼前所见惊叹不已。

"领袖"回到了他的座位上，所有人的目光都在注视着我，就像要把我的内心看透，实际上，他们也正是在这么做。此刻鸦雀无声，时间凝固成了无边的寂静。我看着各色辉光绕着他们飞舞，有时那光还会延伸出很远，并认出了涛之前说过的"色彩束"。

他们的金色光圈十分清晰，几乎都变成橙黄色的了。我忽然想到他们不仅能看见我的辉光，还能读出它的意义。于是我立马觉得自己在这群智者面前是完全没有秘密的，脑海中萦绕着一个问题：他们为什么要带我到这儿？

突然,"领袖"打破了沉默,"就像涛给你讲过的那样,米歇,我们选择你来参观我们的星球,为的是让你在回到地球后报道一些信息,并在几个重要的问题上启示众人。时辰已到,有些事情必须发生,经过数千年的黑暗和野蛮之后,一个所谓的'文明'出现在了地球上,工业技术随之发展,并在过去的一百五十年里愈演愈烈。

"现在距上一个发展程度相像的高科技文明已经有一万四千五百年了。虽然地球上现有的科技根本无法和真正的知识相比,但它仍发展到了足以在近期危害地球人类的地步。

"之所以有危害,是因为它只是物质知识而非灵性知识。科技应当支持和协助心灵发展,而不是像如今在你们的星球上发生的那样,将人们越来越深地禁锢在一个物质主义的世界里。

"甚至在很大程度上,你们的人都只沉迷于一个目标——富裕。他们穷极一生去追求和财富有关的事物,人们对富人充满羡慕、妒忌和憎恨,并对穷人嗤之以鼻。可以说,和一万四千五百年前存在于地球的科技相比,你们现在的科技不仅不值得一提,还在将你们的文明拖垮,使它一步步走近心灵和道德的巨灾。"

我注意到,每当这伟大的人物谈及物质主义时,他和他助手的辉光都会闪烁出一种又暗又"脏"的红色,仿佛将他们暂时置身于燃烧的灌木丛中。

"我们——海奥华的人们的职责是去帮助、引导,有时甚至是惩罚那些在我们监护下的星球上的居民。"

好在涛在我们来海奥华的途中已经简要地给我讲过地球史,否则,我听了这段话后肯定会从椅子上掉下来的。

"我想,"他继续道,"你已经知道我说的'危害人类'是什么意思了,许多地球人认为核武器是主要的危险,但事实并非如此,最大的危险涉及'物质主义'。你们星球上的人追求金钱——对一些人来说,它是一种获得权力的方法;对另一些人来说,它意味着获得毒品(另一种祸根)的手段;而还有一些人则视其为比身边的人拥有更多财产的途径。

"如果一个商人有了一个大商店,他会想要第二个,接着是第三个;如果他掌握了一个小企业,他会想着扩大规模。如果一个普通人拥有了一所他和家人可以在其中幸福地居住的房屋,他会向往一个更大的,或是拥有第二所,之后是第三所……

"为什么要这么愚蠢?何况,人终有一死,到时万事皆空。可能他的子女将挥霍掉他的遗产,他的孙辈会贫困潦倒?终其一生,他都在致力于纯粹和物质有关的事情,没有给心灵方面的事情留下足够时间。那些用钱去吸毒的人竭力谋求一个虚幻的天堂,这些人付出的代价要远比通过钱去做别的事情的人多。"

"我发现,"他接着说道,"我讲得太快了,米歇,你跟不上我的话。不过,你应当能跟上的,因为在你来的路上,涛已经开始在相关方面对你进行教导了。"

我感到羞愧,就像在学校被老师训斥一样。唯一不同的是,在这里,我没法在不懂时谎称自己明白了,他可以像读一本打开的书一样读出我的心思。

他对我笑了,并且他那在刚才像火焰一样闪耀着的辉光又恢复了原样。

"从现在起,我们将彻底教授和给予你你们法语里所说的,'解开奥秘'的钥匙。

"正如你已听过的那样,太初,只有神灵自己。他用他那极大的力量创造了一切物理形式的存在。他创造了行星、恒星、植物、动物，为了一个目的：满足他的精神需要。这是十分合理的事情，因为他是一个纯精神。我已经看出你在困惑于为何要创造物质来满足精神需要。对此，我给你的解释是，创世者要通过一个物质世界来寻找精神体验。我发现你仍很难理解——但你正在进步。

"为了获得这些体验，他想让他灵魂的一小部分在一个肉体中显现。于是，他使用了第四种力——就是涛还没给你讲过的那种，只和灵魂有关的力。在这个领域，宇宙法则也是适用的。

"你肯定知道宇宙的模式决定了九颗行星绕着它们的恒星[①]转。同样，这些恒星也在绕着更大的恒星转，这更大的恒星就是九个这样的恒星及其行星的核心。这样继续下去，一直追溯到宇宙的中心。爆炸，就是英语里所说的'大爆炸（Big Bang）'，就是从那里开始的。

"在这个过程中无疑也会发生意外。有时一颗行星会从一个恒星系中消失，或是进入到一个恒星系里。但最终，恒星系将复原并仍然基于数字九的结构。

"第四种力的作用十分重要：它将神灵所想象的一切都实现了。因为它把神灵灵魂极微小的一部分'植入'了人体，构成了所谓的灵体。灵体是一个人体必要的九分之一，其中包括了'高级自我'，有时也叫被称为'超我'的九分之一。换句话说，人的高级自我是一个实体，它把自己的九分之一潜入一个人的身体中，成为人的灵体，其余肉体也被同一个高级自我的其余九分之一居

[①] 有时九颗行星是绕着两个较小的恒星（双星）转——作者应编辑要求注释。

住，不过每部分对中央实体①来说都是不可或缺的。

"进一步讲，这个一级高我是一个二级高我的九分之一；相应地，这个二级高我也是一个三级高我的九分之一。这个过程继续下去，直到本源，神灵需要的精神体验便由此经过了巨大的过滤。

"你切不可认为一级的高级自我和其他等级的相比没什么意义，虽然它处在最底层，但它仍然非常重要和强大。它可以治疗疾病②甚至是起死回生。世上有许多这样的例子：临床上宣布死亡的人，在那些不抱任何希望的医生们手上又复活了。通常，在这种情况下，那种人的灵体遇见了他的高级自我。高级自我的这一部分在'死亡'期间离开了肉体，他能看见下方的躯体——医生们正在试图救活它；他还可以看见爱他的人正在为他恸哭。在那种状态下，灵体会感觉非常满足——甚至是极其幸福。在这个时候，他通常会抛弃给他带来重重苦难的肉体，会发现自己突然处在一个'心灵通道'中，那通道的尽头是一片美妙的光，在此之后则是一种极度幸福的状态。

"如果穿过这个通道进入极乐之光境——也就是他的高级自我之前，它有着哪怕是一遂不死的心愿——不是为了他自己，而是为了那些需要他的人，比如说年幼的孩子，他会请求回去。在某些情况下，这是会被允许的。

"你通过你大脑的通道和你的高级自我持续地交流着。大脑

---

① 就是说我们每个人都与地球上八个其他的人共有一个高级自我。
② 作者注：地球上所知的灵性治疗，灵疗师可以在其高级自我的协助下完成治疗而不需要患者在场。在患者允许的情况下，一位称职的灵疗师可以帮助地球上的任何病人。编辑注：这涉及高级自我层面的"信息"交流，而非任何"能量"的交换。

103

就像一个收发站一样，直接在你的灵体和你的高级自我间传导着特殊的振动。你的高级自我一直在监视着你，并可以进行干预从而将你从一场事故中解救出来。

"比如说有个人要去赶飞机，结果出租车坏在了去机场的路上，坐上的第二辆也坏了——就像那样……就像那样？你真相信这是个巧合吗？那架飞机在三十分钟后坠毁了，无人生还。再举个例子：一名患有风湿病，勉强能行走的老妇开始过马路，然后响起了巨大的喇叭声和轮胎刺耳的声音，可她却奇迹般地跳到了安全的地方。

"怎么解释这件事？那不是她应死的时候，所以她的高级自我干预了。在百分之一秒的时间内，高级自我触发了一种肾上腺反应，几秒后，便使她的肌肉有足够的力量做出那救命的跳跃。释放进血液的肾上腺素可以使一个人逃离迫近的危险，或是通过愤怒或恐惧击败'不可战胜之人'。然而，过强剂量的肾上腺素也会变成致命的毒药。

"能在灵体和高级自我之间传递信息的并不是只有大脑通道，有时，在梦里也会出现另一个通道——或者我更应该说是在睡眠时。在睡眠的某些时候，你的高级自我可以召唤你的灵体去它那里：有时是给予指导或想法；有时则是用一些方法使其重生，补充灵体的精神力量；或是在重大问题的解决办法上予以启发。为此，你有必要确保自己的睡眠不被扰人的噪音，或是日间不良印象导致的梦魇所干扰。也许你将能更好地理解你们法语里的那句古谚'夜晚到，方法到'的重要性了。

"你的肉体已经非常复杂，但它仍然无法和发生在灵体与高级自我之间的复杂进化过程相比。为了使你们星球上的普通人能尽可能容易地理解，我将用最简单的语句解释一下。

"你们的灵体——住在每个正常人体内的灵体，会将它在肉体里的一生中所体验到的所有感觉传递给他的高级自我。这些感觉在到达围绕着神灵的以太'海洋'前，需要通过由九个高级自我组成的巨大'滤网'。如果这些感觉本质上是基于物质主义的，高级自我们就会在过滤它时遇到巨大的麻烦，就像一个滤水网在过滤脏水时会比过滤已经干净的水时更容易堵塞。

"如果，通过人生中众多的体验，你确使自己的灵体在精神层面受益，它会学到越来越多的灵性知识。最终，在经过五百乃至一万五千你们的地球年后，你的高级自我将没什么需要过滤的了。

"那么体现在米歇·戴斯玛克特灵体中的这部分高级自我，将会达到很高的精神境界。这部分将会去下一个阶段，并在那时，直接与下一级高级自我对决。

"我们可以把这个过程比作一个九级过滤器，它用九个滤网清洁通过其中的水。当第一级过滤结束时，第一个滤网将完全消失，剩下的还有八个。当然，为了让这些信息易于消化，我用了大量的比喻……

"在结束和第一级高级自我的循环后，灵体将离开一级的高级自我加入第二级的高级自我，重复同样的过程。同样，灵体也会因精神境界足够高而转世到下一个等级的星球上去。

"我看出你没能很好地跟上我的思路，但我渴望你能完全理解我向你讲解的一切。

"神灵，用他的智慧，利用第四种力规定了行星的九个等级。现在，你所处的海奥华行星的级别是九，也就是最高等级。

"地球是一个一级星球，也就是最低等级。这意味着什么？

地球就像是一个幼儿园，教学着重于基本的社会价值观；一个二级星球可以类比成一所小学，教授更深层次的价值观——在这两类学校里，成人的指导必不可少；第三级行星就好比中学，学生可以在那里更进一步地探索价值观的基础。接下来你将去大学，在那里，你将被当作成人看待，因为你不仅已掌握了一定的知识，而且也要开始承担公民责任了。

"这就是发生在九个等级的行星上的进化模式。你的精神层次越高，通过高等星球上更好的自然环境，以及普遍的优良生活方式所获得的益处也就越大。由于获取食物更加方便，你的生活方式会进一步被简化，从而使灵性得到更有效的锻炼。

"在高等级的星球上，连大自然也会发挥帮助'学生'的作用，而且当你到了六级、七级、八级和九级行星时，不仅你的灵体高度进化，你的肉体也会从你的进化中获益。

"我们知道，你在这里看到的一切美好景象都给你留下了深刻印象。看多了之后，你会觉得这里是你可以在地球上称为'天堂'的地方。但是，和你变成一个纯灵魂时的真正幸福相比，它仍然微不足道。

"我需注意不让自己的解释太过冗长。因为你必须逐字地报告它，不可在你将写的书中做任何改动；并且你必须注意，不得在其中混杂一己之见。不过别担心——当你开始写书的时候，涛会在细节方面帮助你的……

"在这个星球上，你可以留在一具肉体中，也可以和伟大的神灵在以太中重聚。"

在他说出这些话时，环绕着领袖的辉光比之前的任何时候都要明亮很多。他似乎消失在一片金雾中，结果一秒后又重新显现，看得我目瞪口呆。

"你已经明白灵体是住在你肉体中的一个身体，它回顾和记录着你在各次生命历程里所获得的全部知识。它只能在精神上得到充实——而非物质上。肉体只是一个交通工具，在绝大多数情况下，我们会在死的时候抛弃它。

"我来详细地解释一下，因为我发现'在绝大多数情况下'使你困惑了。在此，我的意思是我们中的一些人——包括我们星球上的所有人在内，都可以随意更新我们身体的细胞。是的，你已经注意到我们中大多数人的年龄看起来都一样，我们的星球是这个星系里最先进的三颗星球之一，我们中的有些人可以，并且确实能直接进入我们所称的伟大的以太（Ether，是物质世界诞生之初的第一种最基本元素，以太构成了物质世界的一切。其本质是一种意识力。在古中国被称为'炁'，意为原始生命能量。——编者注）。

"所以，在这个特殊的星球上，我们在物质和精神方面都达到了一个近乎完美的程度。但就像宇宙中存在的所有生灵一样，我们仍然有我们要履行的职责。事实上，万物皆有所用，哪怕是一粒卵石。

"作为一个高等星球上的人类，我们的任务是去指导——去协助精神层面，有时甚至是物质方面的发展。我们能提供物质援助，因为我们是在科技上最先进的一群人。的确，如果一个父亲没有一定的年资、受过更多的教育、拥有更强的交际能力，怎能给予他的孩子精神指导呢？

"如果有时出现了不幸的情况——孩子需要被体罚，父母的身体要比孩子的强壮难道不是一件重要的事情吗？某些拒绝听从劝告、非常顽固不化的成年人，也需要通过物理手段加以纠正。

"你，米歇，来自行星地球，这类行星有时被称为'忧伤的星球'。这个名字的确很恰当，但它之所以这样有其明确的原因：那里有非常特殊的教学环境。并不是说那里的生活艰难得以至于你们必须做一些不该做的事，你不能随心所欲地违背自然规律，你不能随意毁坏神灵给你准备的一切。也就是说，你不能随意破坏神灵精心设计的生态系统。一些国家，比如说你所在的澳大利亚，正开始对生态表现出极大的尊重，这是迈向正确方向的一步。但即使在那个国家，污染都分为了哪几种——仅仅是空气和水污染吗？对于作为最糟糕污染之一的噪音，又曾做过哪些处理呢？

"我说最糟糕，是因为人类，比如说澳大利亚人，完全不在意它。

"当询问一些人是否会对交通噪音感到厌烦时，他们的回复会令你意外——在百分之八十五的情况下会是：'什么噪音？你在说什么啊？噢，那种噪音——我们习惯它了。'而且正是因为他们'习惯它了'才导致了危险的存在。"

就在这时，这位被称为涛拉（圣贤长老）的大人物做了个手势，于是我转过头去。他要回答我心里刚想到的一个问题："他是怎么能说出这么准确的百分数，并对我们地球上这么多事情知道得这么确切呢？"

回头一看，我惊讶得差点叫了出来，因为毕阿斯特拉和拉涛利正站在我的身后。这并不是使我吃惊的原因，但我认识的那两位身高分别是三米一和二米八的朋友，现在都缩小得和我差不多了。我的嘴肯定一直张得老大，因为长老们（涛拉）都笑了。

"你该明白了吧?有时我们中的一些人会生活在你们地球人中间。而且,这在最近一段时期变得很经常。——这就是我对你问题的回答。

"继续噪音这个非常重要的话题。它太危险了,以至于如果再不采取措施,必将导致大祸。

"我们举一个迪斯科舞厅的例子。那些把自己暴露在音量是正常情况下三倍的音乐中的人们在使他们的大脑、生理身体和灵体承受着非常有害的振动。如果他们能看见所造成的伤害,他们会以比逃离火灾现场还要快的速度远离迪斯科舞厅。

"但振动不止源自噪音,色彩也会产生振动。不过令人诧异的是,你星球上在这个领域的实验并没有继续进行下去。我们的'人员'报告了一项特殊的试验:一个能举起一定重量的人,在盯着粉色的屏幕看上一段时间后,会持续减少百分之三十的力量。

"你们的文明不在意这类实验。事实上,颜色能极大地影响人类的行为,然而,想控制这种影响就需要将一个人的辉光考虑进去。举例来说,如果你想用真正适合你的颜色在你的卧室里刷漆或是贴壁纸,你就必须知道你辉光里的一些主要颜色。

"通过将你墙壁的颜色与你辉光的颜色相匹配,你就能改善你的健康,或者保持良好的健康状态。而且,从这些色彩里发出的振动对良好的心理平衡来说也是必不可少的,就是在你睡觉时,它们也会产生影响。"

我正困惑于我们怎样才能有望看到辉光中的这些重要的颜色,在地球上我们没有能力来感知辉光。

"当然。"长老(涛拉)在我还没说出一个字之前就立刻回答了我。

"米歇，目前非常重要的是——你们的专家们发明特殊的、能观测到辉光的必要仪器。这样，可以在接下来确保你们在未来关键的十字路口上做出正确的选择。

"俄罗斯人已经开始对辉光拍照。这是个开始，但与我们所能做到的译解相比，他们的成果就像只能读出字母表里的前两个字母一样。解读辉光来治疗肉体的疾病，根本没法和将这种解读应用于灵体或生理身体相比。在地球上，你们最大的问题存在于精神领域。

"现在人们将大部分精力都花在了肉体上，而这是一个很严重的错误。如果你的精神贫瘠，它将会相应地影响你的物理外观。无论如何，你的肉体都将损坏并终有死亡的那一天。而你的精神，作为灵体的一部分，永不消亡。反之，你越改善你的心智，你就会越少被你的肉体所拖累，在生命轮回中的前进速度也就越快。

"我们本可以只将你的灵体带到我们的星球上来，但我们把你的肉体也带来了——因为一个重要原因。我看见你已经明白我们这么做的原因了，这让我们很高兴，谢谢你愿意协助我们的任务。"

长老（涛拉）停止了讲话，看起来像陷入了沉思中；与此同时，他用他那明亮的眼睛看着我。说不出这样过了多久，我只知道自己的状态变得越来越欣悦，而且我注意到这七个人的辉光在慢慢变化着。只见那色彩在这几处变得更鲜明，在那几处变得更柔和；与此同时，外缘的辉光变得模糊了。

随着模糊范围的扩大，它的金色和粉色也变得更浓了，并逐渐将这七个人都模糊了。我感觉涛的手放在了我肩上。

"不,你不是在做梦,米歇。这一切都是非常真实的。"她很大声地说道。似乎是为了证明她的说法,她用力捏了我的肩膀,下手重得使那伤在数周之后依然可见。

"你为什么要这么做?涛,我没想到你会这么狠。"

"很抱歉,米歇。但有时就得用些特殊手段。长老们(涛拉)总会以这种方式消失——有时也是这么出现的——而你可能会以为这是个梦的片段。我被委以的任务是确保你认清什么是真实的。"

说着,她把我拨得转了个圈,我跟着她按原路离开了。

第七章

姆大陆和复活节岛

离开都扣前,涛给我戴上了一个面罩——它和我之前戴的不一样。我能看到比之前更清晰明亮的色彩了。

"你觉得你的新沃基怎么样,米歇?受得了这光吗?"

"嗯……它……不错。这太美了,而且我感觉特别……"说着,我倒在了涛的脚边。她用胳膊把我抱到了飞台上。

我从我的都扣中醒来,并为此大吃一惊。我感觉肩膀很疼,于是本能地摸了一下受伤的部位,摸完皱起了眉头。

"真的很抱歉,米歇,但这是必需的。"涛露出有些自责的表情。

"我怎么了?"

"可以说你是昏过去了,尽管这词不太恰当;实际上你是在美丽中晕眩了。你的新沃基能让我们星球上百分之五十的色彩振动通过,而先前的只能通过百分之二十。"

"只有百分之二十?太不可思议了!我看见的这一切美丽的色彩:蝴蝶的、花卉的、树木的、海洋的……难怪我会晕过去。记得在一次从法国到新喀里多尼亚的旅行中,我们参观了一个叫塔希提的岛。我和亲友们租了一辆车周游全岛。岛民们都很快乐，而且把岛建设成了一幅十分迷人的画卷：湖畔的草屋处在红色、黄色、橙色和紫色的簕杜鹃、木槿等各色花卉中，四周是整洁的草坪和椰子树的阴凉。

"这些场景的背景是蔚蓝的大海，我们用了一天的时间在岛上参观，而且我还在日记里形容自己享受了整整一天的视觉盛宴。当时我的确是沉醉于身边的美景了，不过现在，我得说那景色根本没法和你们星球上的美丽相比。"

涛饶有兴致地听完了我的话，一直微笑着。她将手放在我的额前并说道："现在休息吧，米歇，等会儿你感觉好些了再跟我到别的地方去。"

我立刻就睡着了，而且睡得十分安详，连梦都没做。我想自己大概睡了二十四个小时。再醒来时，我感觉自己精神饱满，焕然一新。

涛在那儿，拉涛利和毕阿斯特拉也来了。她俩已经恢复了正常的身高，于是我立刻问起了这件事。

"这样的变形不需要多少时间，米歇，"毕阿斯特拉解释道，"但这并不重要。今天，我们要带你参观一下我们国家的一些事物，还要给你介绍一些非常有趣的人。"

拉涛利靠过来用指尖碰了碰我的肩膀——就是涛捏过的地方，疼痛感立刻就消失了，而且一阵幸福的振动传遍了全身。她笑着将新面罩递给了我。

到了外面，我发现自己仍需眯着眼睛阻挡光线。涛用手示意我爬上拉梯沃科(这是我们飞台的名字)，其他人都选择单独飞行。她们在飞台附近飞来飞去，就像在玩一场游戏——她们的确是在玩。在这颗星球上，居民们看起来都处在恒久的快乐中；唯一我觉得严肃的——实际上甚至是有些严厉的，是那七位圣贤长老（涛拉），尽管他们举手投足间都充满了仁慈的气息。

我们在离水面数米的高度快速飞行着。尽管周围事物不断勾起我的好奇，我还是得经常闭上双眼使它们从明亮中"恢复"。

尽管如此，我似乎要适应它了……我好奇的是：如果涛给了我一个能让百分之七十或更强光线穿过的面罩，我能受得了吗？

很快，我们就到了大陆的边缘。海浪拍击着绿色、黑色、橙色和金色的礁石，浪花折射出的虹晕在中午垂直照射的阳光下营造出了令人十分难忘的可爱效果——那道彩色的光带要比地球上的彩虹晶莹一百倍。我们上升到大约二百米的高度并在大陆上空继续飞行。

涛带我们飞到了一片平原的上方，在那里，我看见了各式各样的动物——有长得像小鸵鸟的两条腿的动物；还有一些四条腿的动物，它们长得像猛犸，但个头是地球上的两倍。我还看见了奶牛和河马在并肩吃草，那奶牛和我们地球上的太像了，我不禁指着一群同涛说起它们来，就像一个在逛动物园的兴高采烈的孩子。她开心地笑了。

"我们这里为什么不能有奶牛啊，米歇？看那儿，你可以看见驴；还有那边的，长颈鹿——虽然它们多少要比地球上的高；看啊，这群马儿一同奔跑的样子是多么的可爱。"

我激动不已，可在这场经历中我不总是这样激动吗？——只不过激动程度的轻重不同罢了。真正让我说不出话来的是——这反应让我的朋友们感到有趣——我看见那些马长着非常漂亮的女子的头；有些的头发是金色的，还有些是红褐色或棕色的，甚至还有些是蓝色的。在奔跑时，它们经常飞到数十米的空中。啊，是的！它们的确有翅膀，而且每次在用完后都收拢于体侧，感觉有些像在船只前后飞翔的飞鱼。它们抬头看着我们，在试着和拉提沃科一比快慢。

涛降低了速度和高度，使我们靠近到离它们几米的距离。让我更惊讶的事情发生了：这些马女在用一种可以听出来是人声的声音冲我们喊叫，我的三个同伴用相同的语言回应着。这无疑是一场愉快的对话，但我们并没有在低空停留太久，因为有些马女飞得很高，几乎就要碰到飞台，这样可能会伤到它们。

平原的一些地方有小丘凸起，大小全都一样。我问起了它们，毕阿斯特拉解释说这些山丘在几百万年前曾是火山。我们下方植被的繁茂程度一点也比不上我刚到海奥华时"体验"过的那个森林。相反，这儿的树是一小片一小片地聚在一起，高度没有超过二十五米的。当我们经过时，上百只白色的大鸟腾空而起，然后在一个"安全"距离外降落。一条宽阔的河流向天边，慵懒地蜿蜒向前，将平原分成几块。

我可以看见一些小都扣聚集在河的弯曲处。涛在河面上驾驶着拉梯沃科，并在我们靠近这些建筑时把高度降到了水面。我们在一个位于两个都扣间的小广场上着陆，随后立刻被居民们围了起来。她们并没有推搡或拥挤着靠近我们，而是停下手头的事情后静静地走了过来。她们围成了一个圆圈，里面的地方宽裕到足以让所有人都有平等的机会和一个外星人面对面。

我又一次被震撼了，因为除了五六个人显得老一些，其他所有人看起来又都是同样的年纪。年长在这里并不低人一等，而是增添了一种令人惊叹的高贵。

之前我一直困惑于这个星球上没有儿童的身影，然而在这片居住区靠过来的人中，我看到了六七个孩子。她们很讨人喜欢，而且看上去十分稳重（就孩童而言）。涛说她们应该是八九岁。

自从来到海奥华，我还没有过能看见这么一大群海奥华人的机会。环顾四周我可以感受到她们的那种平静和矜持；以及我之前愈发期待看到的，她们脸上的那种非同寻常的美丽。她们长得非常相似，就像都是兄弟姐妹一样；可是，难道我们在遇到一群黑种人或亚洲人时的第一印象不也是这样吗？实际上，和我们在地球上的人种内部一样，这些人之间也同样存在着面部特征上的差异。

她们的身高在两米八到三米之间，身材是那么的匀称，看着就是一种享受——既不太强健也不太弱小，也没有任何残疾。她们的臀部较男性要大一些，不过我后来才知道她们中的一些人曾生过小孩。

所有人都有一头秀发——大多数是金黄色的，还有一些是铂金或铜黄色的，偶尔还有明亮的板栗色。还有一些人像涛和毕阿斯特拉一样，上唇长着细微的绒毛。不过除此之外，这些人完全没有任何体毛（这当然不是我当时观察到的，而是后来偶然有一次机会，我从很近的距离看一群在日光浴的人时发现的）。她们的肤色使我想起了善于防晒的阿拉伯妇女——当然了，它可不是那种典型金发美女的苍白皮肤，她们可没有如此明亮的双眸。的确，我周围这些淡紫和蓝色的眼睛都太过明亮，如果当时我是在地球上，我可能会怀疑她们是不是失明了。

她们的长腿和臀部使我想起了我们的女子长跑运动员。她们的乳房美丽而匀称。说到这个,读者就可以理解当我第一眼看见涛时误把她当成女巨人的原因了。我觉得地球上的女人极可能会非常羡慕这些人的乳房,而男人则会为之而高兴……

我已经叙述过涛面部的美丽了,这群人中的有些人也有着类似的"经典"特征;而对于另一些人,我想用"迷人"或"可爱"来形容她们。尽管每张脸的形状和特征都稍有不同,但看起来都像出自同一位艺术家之手。

每张脸都有着其独特的魅力,然而最为重要的是:在她们的神态、举止和风度中,智慧的气质尤为突出。

总的说来,这些把我们围起来的人让我无可挑剔。她们微笑着表示欢迎,露出一排完美的皓齿。这个躯体上的完美倒没有使我吃惊,因为涛曾讲过她们随意更新肌体细胞的能力,所以,她们没有任何理由让这些高贵的身体衰老。

"我们打扰到她们的工作了吗?"我向刚好在我身边的毕阿斯特拉问道。

"不,算不上,"她回答说,"这座城里的大多数人都在度假——这里也是人们来禅坐冥想的一个场所。"

三位"长者"走了过来,涛让我用法语向她们问好,而且声音要大到足以让每个人都能听见。我想我是这么说的:"我很高兴来到你们中间并欣赏你们美妙的星球。你们都是幸运的人,而我,我也愿意和你们生活在一起。"

这段话引起了一阵欢呼,不仅因为她们中的大多数人听到了一种前所未有的语言,还因为我说的内容——她们靠心灵感应理解了它。

毕阿斯特拉示意我们跟着那三位"长者",她们领我们走进一个都扣。当我们七个人都舒服地坐好后,涛开口了:"米歇,现在我要向你介绍拉梯欧努斯。"她用手指向三人中的一位,我冲她鞠了一躬。"拉梯欧努斯已经活了约一万四千地球年,她是地球上姆大陆的末代国王。"

"我不明白。"

"你是不想明白,米歇。还有,此刻,你和地球上的许多同类很像。"

我肯定看起来很惶惑苦恼,因为涛、毕阿斯特拉和拉涛利都大笑了起来。

"别做出那种表情,米歇,我只是想稍微刺激你一下。现在,当着拉梯欧努斯的面,我要给你讲下你们星球上一个使众多专家困惑的谜团。这些专家,我得多说一句,应该用他们宝贵的时间去发现更有意义的事物。我将揭示不止一个,而是若干个困扰他们的谜团。"

我们的座位是围成一个圈的。涛坐在拉梯欧努斯的旁边,我坐在她们对面。

"就像我在咱们来海奥华的途中讲过的那样,巴卡拉梯尼人在一百三十五万年前到达了地球。三万年后降临的可怕灾难裂出了新的海洋,并导致了新的岛屿甚至是大陆的出现;我也提到过,一块巨型陆地从太平洋中部升起。这块大陆被称为'拉玛(Lamar)',但你们更熟悉它被称为姆(Mu)的名字。它在升起时是一整块,在两千年后被地震分成了三大块。

"随着时间的推移,植被出现在了这些陆地上,它们大部分都位于赤道区域。草原出现,森林形成,慢慢地,动物通过连接姆大陆和北美洲的非常狭窄的地峡,迁徙到了姆大陆。

"黄种人较好地承受了剧变的惨重后果,是他们首先建造了船只去探索海洋。大约三十万地球年前,他们在姆大陆的西北部登陆,并最终在那里建立了一个小部落。这个部落在后来的世纪里几乎没有扩大,因为他们在移民上有困难。要讲清原因会花很长时间,而且我们现在也不需要关心这个。

"大约二十五万地球年前,阿瑞姆X3星上的居民——就是我们在来的途中曾停下来在上面采集样本的那个星球上的居民,进行了一次横穿你们太阳系的星际远航勘探。在探索了土星、木星、火星和水星之后,他们在地球上中国所在的位置着陆了。在那里,他们的飞船引起了人群极大的恐慌。因为他们有着'火龙'从天而降的传说。恐惧和猜疑最终使他们攻击了外星人,而后者也被迫用武力自卫,但这是他们所厌恶的;因为他们不仅技术发达,还有着高度精神修养,他们对杀戮深恶痛绝。

"他们离开去继续探索地球,结果发现姆大陆最吸引他们,其中有两个主要原因:首先,这个大陆基本无人居住;第二,就其所处的纬度而言,它是一个真正的天堂。

"自从和中国人发生冲突后,他们就变得特别谨慎,并认为建设基地是明智之举;这样,如果再遇到地球人的严重敌对行为,他们也好有个退避之处。我还没讲他们探索地球的原因:他们想从阿瑞姆X3星上移民几百万人,因为那颗星球上已经出现了令人不适的人口膨胀。这个行动的意义太重大了,不能出现任何风险,于是他们决定将退避基地建在月球而不是地球;因为月球离地球很近,而且经过多重考虑后被认定是非常安全的。

"他们用了五十多年建设月球基地,直到建好后,他们才开始向姆大陆移民。一切都很顺利。在姆大陆西北的那个华人小部

119

落在他们初次参观的几十年后就被完全摧毁了,这样,他们实际上拥有了整个大陆。

"城镇、运河和道路的建设很快就开始了,路是用巨石板铺设的。他们的常用交通工具是一种飞行车,和我们的拉梯沃科没什么差别。

"他们从自己的星球上引进了一些动物,比如狗和犰狳——阿瑞姆-X3上的人非常偏好犰狳,还有猪。

当她告诉我这些被引进的动物时,我想起了自己之前在那颗著名的星球上看见猪和狗时的震惊感。一下子,我想明白了很多。

"他们的男性平均身高是一米八,女性一米六。他们的头发是黑色的,眼睛也是一种漂亮的黑色,而皮肤是淡淡的古铜色。当我们在阿瑞姆X3上停留时,你见过一些这样的人,我想那时你已经猜到他们是波利尼西亚人的祖先。

"这样,他们在大陆的东西南北都建立了定居点,包括十九座大城市,其中有七座是宗教性的圣城。小村庄星罗棋布,因为这些人是娴熟的农场主和牧场主。"

"他们效仿了阿瑞姆X3星球上的政治制度。他们在很久前就发现,唯一管理好国家的方法是让七名智者成为政府首脑,他们不代表任何政治团体,而是全心全意尽自己所能效忠国家。

"其中的第七个人是最高裁决者,他在政务会上的一张表决票相当于两张。如果在某个问题上有四人反对他,两人赞成他,也就是出现了僵局,随之而来的会是长达几小时或数天的辩论,直到有一人改变了主意。这种辩论是基于智慧以及对人民的关爱。

"这些高层人物不会因领导国家而获得任何丰厚的物质好处。他们的天职就是去领导国家,而这么做的原因是他们热爱为祖国服务——这样避免了隐蔽的投机分子混入领导阶层。"

"我们国家现在的领导人们可不是这样。"我有点苦涩地说道,"这样的人是从哪找来的?"

"选举程序是这样的:在一个村庄或街区,一名正直的人会经过公投选出,任何有着不良行为记录或狂热倾向的人都不会被选——被选者要在各个方面都展现出正直的品质。之后他将和邻村的代表们一同前往最近的城市,并在那里举行更高一级的选举。举例来讲,如果有六十个村庄,就会有六十名代表因正直入选,而非其不能实现的许诺。

"来自全国的代表们将在首都见面,他们以六人为一组。每组都会单独配一个会议室,因为在接下来的十天里,每组都要在内部一起举行讨论,一同进餐,欣赏演出,并最终选出一名组长。这样,如果有六十个代表,分成十组后,就会选出十名组长,之后再用同样的方式从这十个人里选出七人。最终,一名最高领导会从这七人里选出,他将被授予国王的称号。"

"那么,他是个民选的国王了。"我说道。

听到我的评价,涛笑了,而拉提欧努斯却稍微皱了一下眉。

"只有当前任国王没有指定继任者就去世,或继任者没有得到政务会其余领袖的一致认可时,国王才会以这种方式被选出。他被授予国王称号,首先因为他是伟大的神灵在地球上的代表;其次,在百分之九十的情况下,他是前任国王的儿子或近亲。"

"嗯,有些像罗马帝国的模式。"

"是的,的确如此。然而,如果这个国王表现出一点独裁倾向,他就会被其余领袖罢免。不过,现在还是让我们回到那些来自阿瑞姆X3的移民吧……

"他们的首都萨瓦纳萨坐落在一个俯瞰着苏瓦图湾的高原上,那高原海拔有三百米,除了位于大陆东南和西南的两片丘陵外,它是姆大陆最高的地方。"

"抱歉,涛——我能打断一下吗?在你讲那场把地球撞得地轴偏转的灾难时,你说不能去月球避难,因为它并不存在。而现在,你说这些移民在月球上建了安全基地……"

"在黑种人定居澳洲,以及在其后的很长一段时间里,是没有月球的。很久以前曾有两个非常小的月亮——大约六百万年前,它们绕着地球飞行并最终都与地球相撞了。当时地球上并无人类居住,所以尽管发生了可怕的灾难,但无关紧要。

"大约五十万年前,地球'捕获'了一个非常大的月球——就是现在这个。它在经过你们的星球时靠得太近,因而被拉进了绕地轨道。月球通常都是这么来的,未来的灾难也将由此引发……"

"你说的经过地球时'靠得太近'是什么意思?为什么它没有撞上?总之,月球是什么?"

"确实会相撞的,但那并不是常有的事。月球原本是一颗以螺线形轨道绕其恒星转动的小行星,它的轨道半径会越来越小。因为惯性小,所以螺线转动的速度要比大行星更快。

"由于螺线转动的速度更快,小些的行星经常能赶上较大的行星。如果在经过时相距太近,大行星的引力就会比太阳的引力还强,使小行星开始绕着大行星旋转,轨道仍然是螺线形的,而这迟早会导致一场碰撞。"

"你是说,我们在诗歌里歌颂的美丽月亮,有朝一日会掉到我们头上?"

"有朝一日,是的……但在约十九万五千年内是不会的。"

我肯定看起来如释重负，而且我的恐惧也一定有些滑稽，因为我的主人们都笑了。

涛继续道："那时——就是月球和地球相撞时——将是你们行星的末日。如果那时地球人的物质和精神境界都没达到足够高的层次，那就是灭顶之灾了。反之，如果他们做到了，他们就可以迁移到另一颗星球上去。不过米歇，一切事情自有定数——现在，我必须讲完关于姆大陆的故事……

"萨瓦纳萨所在的大高原俯视着平均海拔高度不超过三十米的平原。高原中央有一座巨大的金字塔。建造使用的石头中有些重量超过了五十吨，每一块石头都利用我们可以称为'超声振动系统'进行切割，切割误差都在五分之一毫米内。这是在哈拉顿采石场，就是现在的复活节岛上进行的，那里是全大陆上能发现这种特殊岩石的一个地方。不过，在大陆西南的奴托拉还有另一个采石场。

"巨石通过抗重力技术运输——这在当时是一种广为人知的技术。石头装载在离路面二十厘米高的运输平台上。道路的铺建原则和建造金字塔的一样，这样的路遍布全国，就像一张自首都萨瓦纳萨铺开的巨型蛛网。

"巨石被运到萨瓦纳萨，放在了'大师'或工程总建筑师所指示的方位上。完工后，测得的金字塔高度正好是440.01米，它的四个面也精确地朝向罗盘指针四尖所指的方向。"

"它会成为皇宫吗？还是皇陵？"所有人都露出了宽容的微笑，就是我问问题时经常会出现的那种微笑。

"都不是，米歇。这座金字塔的作用远不止于此——它是一个工具。我承认，它是一个巨大的工具，但它终归是个工具。埃及的胡夫金字塔也是个工具，虽然它的尺寸要小很多。"

"一个工具？请解释一下——我跟不上你了。"我真的跟不上涛的思路了，但我可以意识到一个巨大的谜团即将在我面前揭开——一个激发了那么多疑问，而且成为地球上那么多文学作品主题的谜团。

"你已经知道，"涛继续道，"他们是十分先进的人类，对宇宙法则有着深刻的认识。他们用金字塔'捕获'宇宙射线、宇宙力、宇宙能量以及地球能量。"

"金字塔内的房间是按照一个精确的方案规划的，它被当作国王和其他一些圣贤与宇宙中其他星球和世界进行（心灵感应[①]）交流的强大通讯中心。现在的地球人已经无法用这种方式与外星人交流了，但在那时，姆大陆人通过自然手段和对宇宙力的运用，持续地与地外人类保持着通讯，甚至还能探索平行世界。"

"这是建造金字塔的唯一目的吗？"

"不全是，它的第二个用途是造雨。通过一个金属板系统——金属板由主要成分为银的特殊合金制成，这些人就能在几天的时间里使云层聚集在姆大陆上空，由此获得他们所需的降水。这样，他们实际上在整个大陆都创造出了一个天堂。河流和泉水从未枯竭，而是在这个国度的许多平原上缓缓流过，它基本上是一个平地国家。

"不同纬度地区生长着的橙子、柑橘和苹果树硕果累累。一些现在已经在地球上消失的引进水果的产量也十分丰富，其中一种水果叫莱库梯，它有能使大脑活动兴奋的效果，任何吃了它的

[①] 括号内的内容是编辑在作者同意的情况下加上的。

人都能解决超出其正常能力的问题。尽管拥有这样特性的莱库梯并不是一种真正的毒品,但当时的圣人们还是认为不应食用它,于是,只有国王的园林有种植莱库梯的权力①。

"可是由于人类的天性,这种水果还是在全国各地被秘密地种植着。那些因这种水果被抓的人都受到了严厉处罚,因为他们直接违背了姆大陆国王的命令。在宗教和政府事务上,国王的命令都是必须被完全服从的,因为他是伟大神灵的代表。就这点而言,国王不是被崇拜的对象——他只是另一个存在的代表。

"这些人信仰塔若拉(在海奥华星球上称为'涛柔',Tharoa),信仰上帝、神灵、独一无二、万物的创造者。当然了,他们也相信轮回。

"米歇,我们现在所关注的是很久前在你们星球上发生的重大事件,为的是让你可以启发你星球上的人。因此,我不会再详述这个大陆——地球上曾经组织得最完善的一个文明的所在地。不过你需要知道的是,五万多年后,姆大陆的人口达到了八千万人。

"为了探索和调查行星的各个方面,他们开始定期远征,远征时用的飞船很像你们所谓的'飞碟'。他们了解到地球的大部分地区都住着黑种人、黄种人还有白种人,虽然后者已经倒退到了一种原始状态——他们在一开始就丢失了技术知识。这些白种人实际上是在巴卡拉梯尼人之后,姆的移民之前到达地球的,当时的人数极少。他们定居在了你们所知的亚特兰蒂斯大陆,不过,由于物质和精神方面的双重原因,他们的文明完全没落了。"

---

① 作者注:在写这本书时,我想强调一下禁食莱库梯——因为知识的缘故——与《圣经》中的一个故事极其相似:基于类似的理由,亚当被禁食智慧果。

"你说的'物质原因'是什么意思?"

"自然灾害,自然灾害摧毁了他们的城市和几乎所有能帮他们发展科技的资源。

"我必须强调以下几点:在开始远征考察地球之前,姆大陆的居民就用萨瓦纳萨金字塔做过调查。根据调查结果,他们决定将飞船派往新几内亚和亚洲南部地区,并向那里移民——就是说,都去姆大陆的西方。同时,他们在中美洲和南美洲建立了移民区。

"更重要的是,他们建立的一个移民点发展成了一座大城市,地球上的考古学家称之为梯阿库阿奴20,它距提提卡卡湖不远。当时还没有安第斯山脉,它是后来才形成的,你很快就会看见的。

"他们在梯阿库阿奴建设了一个巨大的海港。当时,南北美洲都是平坦的。最后,他们还挖出了一条运河将一个内陆海——位于现在的巴西——与太平洋连了起来。这个内陆海在大西洋也有一个出口,这样,就可以从一个大洋航行到另一个大洋,并移民到亚特兰蒂斯了……"

"可是你说过他们有飞船——为什么他们不用飞船呢?如果他们开凿了一条运河,那一定是打算用船了。"

"他们用飞船就像你们现在用飞机一样,米歇。但对于非常重的货物,他们会使用抗重力的机械,就像现在地球上使用的重型车辆一样。

"所以就像我说的,他们移民到了亚特兰蒂斯大陆。当时,由于不认可来自姆的新政府和新宗教,许多亚特兰蒂斯的白种人都倾向于迁移到北欧地区去——他们乘着蒸汽机和风力推动的海船出发。的确，在经过了你可以称为'史前'的阶段后，他们发现了蒸汽能。我还需要讲的是，当时不列颠还不是个岛，它和北欧相连；直布罗陀海峡也不存在，因为非洲直接和欧洲南部接壤。许多亚特兰蒂斯的白种人也移民到了北非，与当地的黑和黄种人的混血种混居在一起。长达数千年的混居在北非产生了新的人种，就是你知道的柏柏尔人、图阿雷格人等等。

"我们那段时期经常访问地球。在我们觉得恰当的时机，我们会公开拜访姆大陆的国王，并根据他的请求或提供的信息去探望那些新的移民点。比如印度，或是新几内亚，因为姆大陆人在同化当地的土著文明时会遇到很大的困难。我们会公开坦然地去那里；乘坐的飞船很像带你来海奥华的那艘，不过形状不同。

"我们高大的身材和从内而外散发的美丽让那些还不怎么先进的人，甚至还有食人族把我们当成了神灵。

"根据我们的任务，我们有必要在土著居民眼中以友好的神灵形象出现，这样就可以避免他们因姆大陆人的先进、信仰和宗教而心生憎恶引发的冲突。

"由于我们在那段时期的频繁来访，地球上出现了许多描述来自天堂的'巨人'和'烈焰战车'的传说。

"我们是姆大陆人的好朋友，而且在当时，我的灵体住在一个和我现在'穿着的'躯体非常相似的身体中。

"艺术家和雕刻家们对我们报以了极大的敬意，他们在征得姆大陆国王的许可后开始想办法纪念我们。哈拉顿[①]（复活节岛）上的那些巨石像便是一个例子。就当时的文明来说，它们在大小

---

① 作者注：哈拉顿位于姆大陆的东南。

和形状上都是顶尖的伟大艺术品——你可以称之为'风格化'。

"我的雕像就是这么来的,它在完工后已经准备要用一种服务于全姆的巨型平台运输——目的地一直是萨瓦纳萨,因为当时的大师们希望将这些雕像竖立在国王的园林或通往金字塔的大道两旁。不幸的是,就在代表着我的那个雕像和其他的一些雕像就要被运走时,一场巨灾摧毁了姆大陆。

"然而,哈拉顿有一部分幸存了下来。关于我说的'一部分',你要知道,当时的采石场要比现存的遗址大十倍。我的雕像就位于那块幸免于难的区域。

"我的风格化形象就这样被保存在复活节岛上。当你告诉我你梦见我以一座石像的样子出现在复活节岛并且我也确认是那样时,你以为我是在打比喻,但那只对了一半。你看米歇,有些梦——特别是你的那个梦,受到了拉扣梯那的影响。这种现象在地球上的任何语言里都找不到相对应的词,你没必要理解它,但是,在它的影响下,那个梦是真实的。"

涛就此结束了她的故事,脸上又浮现出那熟悉的微笑,并说:"如果你记不清全部的事情,我会在适当的时候帮你的。"

说着她站了起来,我们也都跟着站了起来。

第八章

探索灵球

拉梯欧努斯领我们来到都扣中的休息区——一个可以在其中完全放松并且外界声音无法进入的区域。在那里,拉涛利和两位"长者"离开了,剩下了我、拉梯欧努斯、涛和毕阿斯塔拉。

涛说因为我的灵力还不够完善和强大,所以,为了参与一场重要和非常特殊的经历,我得服用一种特殊的灵药。她解释说我们要去"探究"姆大陆消失时,也就是一万四千五百年前的地球的灵球。

我对"灵球"这个词的理解如下:

自其被创造之日起,每个行星的周围都有一个灵球或振动的茧状球体。它以七倍于光的速度旋转着,像个记事簿一样(其实就是)将星球上发生的每件事情完全吸收(和储存)[①]下来。我们地球人无法访问其内容,因为我们不知道如何"读取"。

众所周知,美国聘请了研究人员和技术人员研发"时光机",但时至今日,他们的努力尚未成功。按涛的话来讲,他们的困难存在于适应茧状球体的频率而非波长。人类作为宇宙的必要一部

[①] "和储存"这三字是编辑经作者同意后加的。

分,利用他的灵体并且如果得到正确的训练,是可以从灵球中找到他需要的知识的。当然,这需要大量的训练[①]。"这个药可以让你进入灵球,米歇。"

我们四人在一张特殊的床上各摆出一个舒服的姿势,她们三人围成了一个以我为中心的三角形。她们给了我一个里面装着某种液体的高脚杯,我将它喝了下去。

随后,毕阿斯特拉和涛将她们的手指轻轻地放在我的手和太阳穴上,而拉梯欧努斯则将她的食指放在我的松果体上方。她们让我彻底放松,无论发生什么都不要害怕。我们将以灵体状态旅行,我只需跟从她们的引导,所以十分安全。

那一刻永远铭刻在我的记忆中,涛对我轻缓地讲着话,她讲话的时间越长,我就越来越不害怕了。

可我得承认的是,最初我还是非常惊惶。突然整个色系里的色彩都在我眼前飞舞闪烁,我虽然闭着眼睛,却还是被弄得头晕目眩;我还能看到身旁的三名同伴,她们放出灿烂的光彩,同时却又是半透明的。

下方的村庄渐渐模糊了。

我有种奇异的感觉——四条银色的细线将我们和我们的肉体连在一起,而肉体变得像山一样大。

突然,一道耀眼的白金色穿过我的"视野",过了一会儿,我既看不见,也感觉不到什么了。

一个球出现在了空间里并飞速向我们靠近,它像太阳一样明

[①] 许多人在梦中偶尔体验过和灵球的接触,通常是见到一些日光仪、建筑物和大自然的景象。从灵球中获得信息需要大量的知识和练习。编辑基于作者的解释注释。

亮，但颜色是银色的。我们加速通过，或应该说是我加速通过，因为当时我不再感受到身边同伴的存在。当进入这银色的大气时，我只能看见弥漫在四周的"雾"。不知过了多久，突然之间雾散了，一个屋顶不高的长方形房间显现出来，里面有两个男人盘腿坐在色彩精美的垫子上。

房间的墙壁由精雕细琢的石块砌成，上面描绘着当时的文明场景：有成串看起来像是透明的葡萄，一些我不认识的水果以及动物——有些动物还是人首兽身的，还有一些长着动物头的人。

我注意到自己和同伴们形成了一个气体团样的"整体"，但我们仍然能分辨彼此。

"我们在萨瓦纳萨金字塔的主室里。"拉梯欧努斯说道。这太不可思议了——拉梯欧努斯没开口却在对我用法语讲话！我脑海中闪过一个解释："这就是心灵感应，米歇。什么都不要问，一切都会顺其自然地向你揭开，你将学到你需要知道的那些。"

（由于写这本书的任务是报告我的经历，我必须尽可能地解释清楚当时我所处的那个状态：在我的灵体进入灵球后，看、听和感觉这些词都不再合适——几乎没用；因为感觉是"自发地"以一种和我们正常体验非常不同的形式出现，甚至和我们以灵体形式行动时的体验都不同。

事情的出现就像是在梦里一样，有时非常慢，有时又快得让人不安。之后，每件事好像都自行明了。后来我得知这和当时我所处的状态以及我的导师们的密切监督有关。）

很快我就看见房间的天花板上有个开口，它的尽头是一颗星星。我意识到这两个人正在和那颗星星交换着"可见"的思维。一缕缕烟圈般的银白色线从他们的松果体上升起，穿过天花板上的开口，与那颗遥远的星星交织在一起。

这两个人完全静止，周身浮动着一片柔和的金光。我知道，由于同伴们的持续监护，他们既看不到我们，也不会被我们的存在所打扰——我们是另一个维度的观察者。我更仔细地审视起他们来。

其中一位是白发过肩的老人，他脑后戴了一顶橘黄色织物织成的无檐便帽，就像拉比戴的那种。

他穿着一件宽松的金黄色长袖内袍，袍子将他完全包了起来。他的坐姿使我无法看到他的脚，但我"知道"那是一双赤足。他双手相合，仅以指尖相触。我可以清晰地看见一点围绕着他手指的蓝色光芒，那光体现了他专注入定时不可估量的精神力。

第二个人看起来和他年龄相仿，但有一头黑亮的头发。除了内袍的颜色是亮橙色外，他的装束都和前者相同。他们一动不动，完全入了定，看起来就像没有了呼吸。

"他们在和其他世界交流，米歇！"我听到一句解释。

突然，这个"场景"消失，并立刻被另一个取代了。我们眼前出现了一座金顶的宫殿，宫殿的样子有点像宝塔，还能看到宫殿周围的一些塔和大门。打开的巨型落地窗正对着壮观的花园和珐琅池，池中起落的喷泉在正午阳光的照射下形成了道道彩虹；大公园里散布着树木，千百只鸟儿在树枝间穿梭，为这已然奇妙的景色增添了更鲜活的色彩。

一群群穿着各种颜色和样式内袍的人们在树下或湖畔漫步，还有些人坐在花朵装饰的凉亭下禅坐冥想，那凉亭是专门为他们提供遮阳和舒适的。整个场景中，最引人注目的是宫殿远方一座隐约可见的建筑——一座巨大的金字塔。

我"知道"我们刚离开了这座金字塔，现在正在欣赏姆大陆首都萨瓦纳萨壮观的皇宫。

皇宫外面是向四面八方延展的高原，涛曾提到过它，一条至少四十米宽的路从花园中心伸向高原，它的路面就像由一整块石板做成的一样。道路两旁林立着可以遮荫的大树，大树中间点缀着巨大的风格化雕像，有些雕像的头上还顶着红色或绿色的宽檐帽子。

我们在这条路上滑行，周围有一些人在骑马，还有一些人骑着一种头部像海豚的奇异四足动物——一种我闻所未闻的动物，它们的存在使我感到惊讶。

"它们是 Akitepayos，米歇，已经灭绝很久了。"我听到这样的解释。

这种动物有一匹大马那么大；有着五彩的尾巴，而且尾巴有时还会像一把扇子似的展开，就像孔雀的尾巴一样；它的臀部要比马宽得多，体长则与马相当；突起的肩部很像犀牛的肩甲，前腿比后腿长；除了尾部外，它全身都覆盖着灰色的长毛。它奔跑的样子使我想起了我们的骆驼。

我强烈地感觉到自己正在被同伴们带往别处。我们很快地穿过了那些正在路上行走的人们——非常快，但我却可以"吸收"并注意到他们语言里的一个特点：声音非常好听而且元音好像比辅音多。

突然，我们出现在另一个场景中，这有些像电影，从一个场景切换到另一个场景。一些样子很像科幻小说家所钟爱的飞碟的机器，正排列在高原边缘一块巨大的场地上。人们在一种"飞行器"旁上下，然后被它带往一个巨大的建筑，显然，那建筑是航站楼。

停机坪上，飞行器发出一种"耳朵"完全能忍受的鸣笛声。我被告知我们所听到的声音及其强度，和眼前场景中的人们所听到的是一样的。

我突然想到自己正在目睹这些人的日常生活——他们拥有高度文明，并且已经死了数千年！我也想起来去注意一下我们"脚下"的路，并意识到它并不是像乍看起来那样的一整块石头，而是由一系列大石板铺成的。它被切割和摆放得如此整齐，连接缝都分辨不出。

在高原边缘，一座巨大的城市、海港以及海港后边大海的景色尽收眼底。之后，我们突然来到城市中一条宽阔的街道上，街道两旁房屋的大小和建筑风格各不相同。大多数房子都有被鲜花环绕的阳台，有时我们还可以在那里瞥见一种非常美丽的鸟儿。还有些房子显得更为低调，没有阳台，取而代之的是美丽的露台——同样满载着鲜花。整个效果非常赏心悦目，就像漫步在花园里一样。

街上的人或是在行走；或是（站在）[①]完全无声的（圆形）[②]小飞台上，在离地约二十厘米的高处飞行。这看起来是一种非常愉快的旅行方式，但还是有些人选择骑马。

当到达街道的尽头时，我发现我们处在了一个巨大的城市广场中。我惊讶地发现，这里没有商店或类似的地方，取而代之的是一个有棚市场，"摊位"上摆着各种能勾起心中或舌尖欲望的

---

① 站在——编辑在作者解释的基础上添加。
② 圆形——编辑在作者解释的基础上添加。

货物。其中有鱼，我可以认出的有金枪鱼、鲭鱼、鲤鱼和鳐鱼；还有各种肉类以及种类惊人的蔬菜。然而，最令人印象深刻的是那似乎充满了整片区域的花；显然，这些人特别喜欢鲜花，大家不是头上戴花，就是手中拿花。"店家"帮他们拿他们想要的货物，他们却没有用任何东西交换——既没有货币，也没有什么可以替代货币的东西。我的好奇将我们几人拉到了市场中心，我们干脆直接穿过了人们的身体，这种体验倒让我觉得很有趣。

所有问题都在我想到它们时得到了解答：他们不使用货币，因为一切都属于社区。没有人会作伪——社区生活极其和睦。随着时间的推移，他们学会了去遵守规定，这些规定都很完善，经过了反复推敲因而十分适合他们。

这些人的身高大都在一米六到一米七之间，有着淡棕色的皮肤和黑色的头发及眼睛——很像现在的波利尼西亚人。其间也有一些身材高大的白种人，他们的身高约有两米，有着金黄色的头发和蓝色的眼睛；黑种人的数目则比白种人更多，他们也像白种人一样有着高大的身材，而且似乎有好几"种"，其中一些像泰米尔人，而另一些则很像我们澳大利亚的土著居民。

我们来到下面的港口，那里停泊着各种各样的船只。整个港口都是人工建造的，我被"告知"修建码头的巨石来自大陆西南的奴托拉采石场。

我们也可以看见一些非常复杂的设备正在运转——那是造船设备，装载设备正在维修船只……

就像我说的那样，在港口停泊的船只有很多种——从十八、十九世纪风格的帆船到有着现代气息的游艇，从蒸汽轮船到超现代的氢动力货轮。我被告知，海湾中停泊的那些巨轮都是抗磁力和抗重力的。

不工作时，它们漂浮在水面上；载着上千吨货物时，它们能以七十到九十海里的时速刚好高于水面行驶，并且不产生任何噪音。

我了解到，港口里的"古典"船舶属于遥远地方的人们——印度、日本、中国——姆大陆人也移民到了那里，但他们却不能使用先进的技术。关于这点，我从拉梯欧努斯那里得知，姆大陆的领导人将他们的很多科技知识都保密了，比如核能、抗重力和超声技术；这个政策确保了他们在地球上的领先地位并保障了他们的安全。

场景被"切掉"了，我们回到机场并看着城市的夜景。城市被十分整齐的球形大灯照亮，向萨瓦纳萨皇宫去的让大道(The Path of Ra)也一样，大灯被安在路旁刻有饰纹的列柱上，照得路面犹如白昼。

我被告知这些球形灯泡能将核能转化为光能，并且可以在未来工作数千年而不熄灭。我承认我理解不了，但我相信它们定会如此。

场景变成了另一个——这是白天，大道和皇宫的花园中都挤满了身着华服的人，金字塔的顶端连着一个巨大的白球。

显然，那位我曾在金字塔里看他禅坐冥想的国王刚刚去世，所以众人才会聚集在这里。

球伴随着巨响爆炸了，然后人群中响起了一致的欢呼声。这使我大为吃惊，因为死亡常常唤起的是泪水，但同伴们这样讲道：

"米歇！你不记得我们教你的课了？灵体会在肉体死亡时被释放，这些人同样知道这点，所以才会庆祝这件事。三天后，国王的灵体将离开地球回归伟大的神灵，因为他在地球上的最后一世里虽然肩负着非常艰巨的责任和任务，但仍然以身作则，堪称典范。"

我无言以对，并为自己被涛批评健忘而感到羞愧。

场景突然又变了，我们处在皇宫的前阶上，"眼"前是一望无际的人，身旁是一群重要人物，其中一人穿着最好的盛装，他将是姆大陆的新国王。

他身上的某些东西吸引了我的注意，我熟悉他——就像我知道他，但不能完全认出来。我瞬间就从拉梯欧奴斯那里得到了答案："这是在另一世的我，米歇。你认不出我，但你能感觉到我的灵体在那个身体里的振动。"

也就是说，拉梯欧努斯在不寻常中经历着不寻常！他在看着他的前世，而他却处在今生中！

新国王从一位重要人物手中接过一个华丽的头冠[①]，并将它戴在了头上。

人群中响起一阵欢呼。姆大陆——这个星球上最发达，统治着大半个地球的国家，有了一位新国王。

人们似乎兴奋得发狂，成千上万的石榴色和亮橙色的小气球飞向天空。管弦乐团也开始了演奏，乐团里至少有二百位音乐家，他们开始在花园、皇宫和金字塔四周的飞台上奏乐。在每个飞台上，都有一队音乐家在用难以描述的奇特乐器演奏，这样，乐声就像是通过巨大的立体扬声器传出来的。

这"音乐"完全不是我们所熟悉的。除了一种笛子在发出一

---

① 一种头饰，它的一半像王冠，一半像主教的三重冠。

种频率非常特殊的曲调外，所有的乐器被调成了自然界的声音。比如呼啸的风声、花丛中蜜蜂的嗡嗡声、鸟儿的歌唱声、雨水落入湖中或是海浪冲刷沙滩的声音。这一切都被协调得如此绝妙——可能有海浪自花园中掀起向你卷来，越过你的头顶，最终撞在大金字塔的台阶上。

我从未想象过，人类居然可以先进到演奏出像这支管弦乐队正在演奏的曲子。

民众、贵族和国王看起来都像在灵魂深处"体验"着这音乐，他们是那么的投入。我也想待在这里听得更久一些，让自己沉浸在这自然之歌中。纵使我处于灵体—灵球状态，音乐还是能"穿入"并使我心旷神怡。我被"提醒"我们不是为此享乐而来……场景消失了。

突然，我在目睹一场非常特殊的会议。它由国王主持并且只限于他和他的六位顾问。我被告知当国王只与这六人会面时，要讨论的事情会非常重大。

国王已经明显地老了，因为我们在时间上向后跳了二十年。所有人的表情都十分凝重，他们在讨论地震预测仪的技术价值，我在百分之一秒内就理解了他们所讨论的一切——我能跟上他们的谈话，就好像我是他们中的一员！

其中一位顾问说那仪器以前经常被证明是不可靠的，所以没必要太过担心。另一位则说，那个型号的仪器自从第一次——成功预测那场发生在大陆西部的地震起，就一直是非常正确的。

在他们说话时，皇宫开始像风中树上的树叶一样颤抖起来。国王站了起来，睁大的双目中充满了惊恐，有两位顾问已经从座位上跌了下来。外面，一阵巨大的喧闹声似乎在从城中传来。

场景变换，我们突然到了外面。满月的月光照亮了皇宫的花园，一切都再次变得平静——太平静了。只能听到低沉的隆隆声，它来自城边……

突然，仆从们跑出皇宫，匆匆地四散逃开。大道边上的一些灯柱倒在地上，明亮的灯泡被摔得粉碎。国王和他的"随行人员"快速地从皇宫出现，在爬上一个飞台后立刻向着机场飞去，我们跟着他们。在机场上飞船的附近，以及航站楼里全都是一片混乱。一些人在冲向飞船，他们尖叫着、推搡着。国王的飞台快速地向一艘和其余飞船都分开了的飞船飞去；他和随从登上了飞船。别的飞船已经起飞，这时，一阵震耳欲聋的声音从大地深处传来——一种奇怪的、持续的像雷鸣一样的声音。

机场立刻就像张纸一样被撕裂了，我们被一大片火光吞没。那些刚起飞的飞船被卷入火中，爆炸了；在机场上奔跑的人们消失在地裂中。国王的飞船还在地面上，它也起火爆炸了。

这时，国王的死就像个信号一样，我们看见大金字塔在地裂边缘摇摇欲坠。那地裂正在高原上延展，一点点变宽。金字塔在地裂边上稳了稳，之后，便在一阵剧烈的颤抖中被火光吞没。

场景又开始变换：我们看着海港和城市，它们就像大海中的波浪一样起伏着。建筑开始坍塌，同时还伴随着惊恐的尖叫声——这可怕场面在大火中时隐时现。

我得知那震耳欲聋的爆炸源自地表深处。陆地的整个"轮廓"先沉入了地下，之后则是大片大片的土地，海水冲填进那些被创造出来的巨坑。突然，整个萨瓦纳萨高原都沉入了水中，就像一艘正在沉没的巨轮，但速度更快。水中形成了强大的旋涡，我看见旋涡里的人们绝望地抓住漂浮的残骸，徒然地挣扎着。

尽管知道它发生于一万四千五百年前,但目睹这样的一场灾难仍然让人惊骇。我们开始非常快地"参观"大陆各地,发现到处都是同样的灾难。滔天的巨浪扑向残存的平原,将它们淹没。我们靠近一座刚爆发的火山,在它附近看见岩石开始有规则地移动,就像一只巨手正在将它们举到岩浆流之上,在我们眼前创造一座山似的。这些看起来都发生在萨瓦纳萨高原消失后很短的时间里。

场景又一次消失,并被另一个取代。

"我们到南美洲了,米歇,这里还没被灾难波及,我们会看一下这里的海岸和蒂亚瓦纳科(Thiacuano)港。在时间上,我们回到了第一次地震开始前,姆大陆国王还在和顾问开会的时候。"

我们在巨大的蒂亚瓦纳科港的码头上。现在正值夜晚,一轮满月照着大地,虽然它很快就要消失不见。东方天际的鱼肚白预示着破晓的到来,一切都静悄悄的。巡夜人在码头上踱着步,那里停泊着很多船只。

几名酒后狂欢者吵吵闹闹地走进一栋建筑,它的外边亮着一盏小夜灯。我们能在这里看见一些姆大陆的球状灯,但数目很少。

我们飞过运河,有几艘船只正在朝着内陆海(在现今的巴西)的方向航行。我们在一艘漂亮帆船的船桥上"歇脚",一股清风自西而来,从后面推着船。船行进得很慢,因为它正在通过一片挤有很多船只的水域。甲板上有三根长约七十米的桅杆,样式很现代化。从船体的形状来看,它在开阔水面的航行速度会很快。一会儿后,我们来到一间大的水手舱,那里面有十二张床铺,上面都有人。

除了两名年龄大约在三十岁的人外,所有人都在睡觉。从外表看,他们可能来自姆大陆。他们坐在一张桌子旁,全神贯注地玩着一个很有可能是麻将的游戏。我的注意力被其中一人吸引住了:他的年龄可能比另一个稍大,黑色的长发被一条红色头巾系在脑后。我被他吸引住了,就像一块铁被磁石吸引似的,我一下就带着我的伙伴们到了他身上。

当我穿过他时,我有一种几乎像被电击的感觉——还有一种爱的感受,这种感觉我之前从未有过,它一下子沁透了我的全身。我感觉自己和他有种难以形容的同一性,我一次又一次地从他身上穿过。

"这很好解释,米歇。在这个人体内,你和你的灵体重聚了。这是在一个前世中的你。不过,你是在这儿的一个观察者,而不是要重新生活在这个时代,别陷进去了。"

带着遗憾的心情,我"跟着"同伴们回到了船桥。

突然,从遥远的西面传来一阵巨大的爆炸声,之后是另一个更近的。还是在西方,天空开始发亮。更近一些,在更刺耳的爆炸声中,我们看到一座爆发的火山,它照亮了西方半径约三十公里的天空。

我们能在运河和港口上感受到不安的骚动,哭喊声和汽笛声响成一片。

我们听到跑动的脚步声,水手们从甲板下涌上船桥。在他们当中,我可以看见那个"装着"我灵体的水手,他和他的同伴们一样害怕;我心中对那个身处灾难、恐慌的"我"升起一股巨大的同情。

城市外面,在火山爆发的亮光中,我看到一个发光的球体迅速飞上天空,并最终消失在视野中。

"是的，那是我们的一艘飞船，"涛解释道，"它将从非常高的地方观察灾难。上面有十七个人，他们将尽可能帮助幸存者，但能帮到的人很少。看！"

大地开始晃动并隆隆作响，又有三座火山从海岸附近的水下冲出来，但很快又被海水淹没了——那速度和它们出现时一样快；同时，由此引发的大约四十米高的巨浪伴着可怖的噪音汹涌地冲向海岸；但就在它到达城市前，我们下方的土地开始了上升：海港、城市和乡村以及更远处——整个大陆的一部分开始飞速升高，挡住了海浪的冲击。为了看得更清楚，我们升高了一些。这场面使我想到一只巨大的动物从一个洞穴里脱身后，弓着背伸展的样子。

人们的哭喊听起来像但丁式尖叫，他们被吓疯了——他们正在随着城市上升，就像在一个电梯里一样，并且这种上升似乎没有终结。

船只被大海卷起的巨石击成碎片，我眼看着我们刚离开的那些水手被粉碎，其中那个我的"我"刚返回它的本源。

大地就像是在彻底重塑它的形状。随着火山喷出的厚重黑云迅速地从西边拥来，岩浆和火山灰如雨水一般倾泻而下，城市消失了。当时脑海中出现了两个形容词："宏大（grandiose）"和"末日启示（apocalyptic）"。

一切都模糊了，我感觉同伴们离我很近。我意识到一朵银灰色的云正以炫目的速度远离我们，之后海奥华出现了。我的感觉是：为了能快速回到我们的物理身体，我们在拉那条银线。躯体似乎正在等着我们——它像山一样大，并在我们接近时缩小了。

在经历了那场刚留在身后的噩梦后，我灵体的眼睛尽情感受着这"金色"星球上色彩的美好。

我感觉那些放在我身上的手拿开了。我睁开眼睛四处看了看,同伴们微笑着站起身来,涛问我感觉怎么样。

"好极了,谢谢你们。外面居然还亮着,真让我吃惊。"

"当然还亮着呀,米歇。你觉得我们离开了多久?"

"我真的不知道,五六个小时?"

"不是,"涛乐了,说道,"不超过十五劳瑟——大约十五分钟。"

她们每人拍了一下我的肩膀,涛和毕阿斯特拉对我的目瞪口呆大笑起来,她们领我走出"休息间"。拉梯欧努斯跟在后面,并没有笑得那么高兴。

第九章

我们所谓的"文明"

向拉梯欧努斯和她的同伴们致敬并道别后,我们离开了村庄,再次乘飞台返回我的都扣。这次,我们选了一条不同的路线:我们飞过大片农田,在那里我们逗留了很长的时间,好欣赏那长着特大穗子的小麦。我们还飞过一座看起来蛮有趣的城市——所有建筑无论大小都是"都扣",而且那里也没有真正的街道连通这些都扣。我理解应该是这个原因:这里的人们能够通过"飞翔"从一个地方到另一个地方——无论用不用利梯欧拉克,所以正式的街道并不必要。我们从一群人身边经过,他们正在一些大都扣处进进出出——那些都扣的大小和航天站差不多。

"这些是'工厂',我们的食物就是在这里准备的。"涛讲道,"你昨天在你都扣里吃的吗哪和蔬菜都是在这里制作的。"

我们没有停留,而是继续飞行。我们飞过城市和之后的大海,没多久就到了我都扣所在的那个岛上;飞台停在了老地方,我们走进都扣。

"你意识到没有?"涛说道,"从昨天早上到现在,你什么也没吃。这样下去你会掉体重的,你不饿吗?"

"奇怪了，我并不怎么饿，在地球上，我每天要吃四顿饭呢！"

"不必太惊讶，我的朋友。我们这儿食品的制作方法会使其中所含的热量在两天内每隔一段时间就释放一次。我们能持续地获得营养而不使我们的胃超载，而且这可以让我们保持思维的清晰敏捷。无论如何，我们必须要优先考虑我们的心神——不是吗？"

我点头赞成。

我们吃了各种颜色的菜和一点吗哪，之后，在我们享用一杯含蜜饮料时，涛问道：

"米歇，你对在海奥华上的这段时间有什么看法？"

"什么看法？或许在我今天上午的经历后，你更应该问我对地球有什么看法！在我看来，在那……十五分钟——那过去的几年里，有些时候的确是很可怕的，但其余的却很让人神往。请问，你们为什么要在这时带我进行一场那样的旅行？"

"问得好，米歇，我很高兴听到你这么问。我们想向你展示，在你们现在所谓的文明之前，地球上曾经存在过一个'真正的'文明。我们没有'绑架'你，虽然你可能会这么说，我们把你带到几十亿公里外，并非只是为了给你展示我们星球的美丽。

"你来到这里是因为：你属于一个已经走错方向的文明。地球上的大多数国家自认为自己非常先进，可事实并非如此。相反，从领袖到所谓的精英团体，他们的文化是颓废的。整个体系是被扭曲的。

"我们知道这点是因为我们一直在非常密切地观察地球，尤其是在近几年，就像圣贤长老（涛拉）给你讲过的那样。我们能用一系列方法研究正在发生什么。我们可以在你们中间以肉体或灵体形式生活。我们不仅能够出现在你们的星球上——我们还能影响你们一些领导人的行为,这对你们来说是一件幸事。例如,我们的干预阻止了德国成为世界上第一个使用原子弹的国家,因为如果纳粹在二战中获得最终胜利,对地球上的其余人来说会是一场巨大的灾难。你将会理解:任何极权政体都意味着一个巨大的文明退步。

"当数百万人只因为他们是犹太人就被送入毒气室时,凶手不能因自己是一个文明人而自豪。更不用说,德国人还认为自己是上帝的选民。从他们的行为来看,他们堕落得还不如食人族:苏联人将成千上万人发配到集中营工作,消灭成千上万人的理由是因为对'政权/制度'而言,他们是危险的;这也同样好不到哪去。

"地球上非常需要纪律,但'纪律'并不意味着专制。超智神灵、创世者他自己,不允许任何生物、人或其他什么存在,做任何违背他们意愿①的事情。我们都有自由的意志,是否要自律以提升灵性由我们自己决定。将自我意志强加给他人,从某种程度上剥夺了个体行使自己自由意志的权利,是人类所能犯下的最大罪行之一。现在发生在南非的事情就是一种反全人类的罪行。种族主义本身就是一种罪恶⋯⋯"

"涛,"我打断道,"我有些不明白。你说你们阻止了德国人第一个拥有原子弹,可你们为什么不阻止所有国家拥有它?你必须得承认,身处在这个核武器时代,我们都坐在了火山口

---

① "他们意愿"原来是"其意愿"。这导致整个句子有两个意思。谁的意愿?创世者还是人类?当然是人类的。像这样的句子在宗教文本里被反复错译,要求人们屈从"上帝的意志"。教士通过这样解读来控制群众。自由意愿对任何精神进化来讲都是绝对必要的。我们用复数(他们)来消除歧义(编辑在作者澄清的基础上注释)。

上。对于广岛和长崎你又怎么讲——你不觉你们应该在某种程度上负责吗?"

"米歇,你自然是在以一种非常简单的方式看待这类问题,一切对你来说非黑即白,但其中也有许多不同程度的灰色。如果二战没有因这两个城市被炸毁而结束,将会出现更多的死亡——人数将三倍于原子弹的受害者。用你们的话讲,我们是两害相权取其轻。

"正如我之前告诉过你的,我们可以'伸出援手',但我们不会关注一个情况的细节。我们要遵守非常严格的法则,核弹必将存在——就像它最终会在所有星球上被发明一样。一旦出现,我们可以作为观察者静观其变,或者进行干预。如果我们介入,我们将给予最真诚、最尊重个体自由的'一边'一些优势。

"如果某些读你书的领导人不相信你,或怀疑书中所写的内容,挑战他们去解释一下:若干年前数以亿计送入绕地轨道的'针'[①]是怎么失踪的,让他们再解释一下为什么第二次被送入轨道的更多的针也失踪了。他们会知道你在指什么,不用怕,我们为那些'针'的失踪负责,因为根据我们的判断,它们是你星球的巨大隐患。

"我们的确,经常阻止你们的专家'玩火'。但重要的是,你们不能一犯错就想依赖我们的帮助。如果我们判断'伸出援手'

[①] "针":在米歇回到地球的十一年后,1998年8月的《科学美国人》有篇文章(卷279,Nr2,作者N.L.Johnson,澳大利亚版P43,(美国版P63))讲道:"80簇针在1963年5月被释放于太空,这是美国国防部远程通信实验的一部分。由光发出的辐射压,将微小的针——共4亿根——推出了轨道……"有没有人听说过在宇宙里曾有物体会因"光的压力"被推离轨道?为什么我们会用火箭?为了便于你理解,我请你算一下四亿根针的质量(编辑注)。

是合适的,我们会这么做。但我们不能,也不愿不假思索地从灾难中拯救你们——那将违反宇宙法则。

"你知道,米歇,核武器看起来在地球人心中制造了恐惧,并且我承认这是一把悬在你们头上的达摩克利斯之剑,但它并不是真正的危险。

"地球上真正的危险,按其'重要性'的排序是:第一,钱;第二,政客;第三,新闻和毒品;第四,宗教。

"如果地球上的人们因一场核灾难而灭绝,他们的灵体会去他们死后该去的地方,而且死亡和转世的自然秩序会继续。危险并不像无数人认为的那样,存在于肉体的死亡中——危险存在于一个人的生活方式中。

"在你们的星球上,钱是万恶之首。现在,试着去想象一下没钱的生活……"

"你看,"涛"读出"我的吃力,说道,"你甚至无法想象出这样一种生活,因为你被这个体制影响了。

"然而,仅在两小时前,你看到姆大陆的人们不使用钱就能满足他们的需要。我知道,你已经注意到那里的人们都非常快乐,且高度发达。

"姆大陆的文明以社区为中心——物质和精神方面都是如此,而且它繁荣兴盛。当然,你一定不要把社区(community)和'共产主义'(communism)这个存在于地球上某些国家的制度相混淆。

"不幸的是,谈到钱,我们很难给予地球建设性的帮助,因为你们的整个体制都建立在金钱之上。如果德国需要澳大利亚的五千吨羊毛,它不能运去三百辆奔驰和五十台拖拉机来交换。你们的经济体系不是这样运转的;因而难以做出改善。

"另一方面,在政治家和政党方面可以进行很多改善。你们都在同一条船上……有个不错的比喻是把一个国家或星球比作一条船。每条船都一定有它的船长,不过,想让它航行得好还需要技术和船员间的协作精神,还有他们对船长的尊重。

"如果船长不仅知识渊博、经验丰富、思维敏捷,而且还公正、诚实,那么他的船员自觉尽力工作的可能性就会很大。归根结底,是船长的内在品质——而非他的政党或宗教倾向——决定了他的指挥效率。

"想象一下这样一个情况:船员们要选出一位船长,更多依据的是政治因素而非候选人的航海技术和遇到危险时处变不惊的能力。为了能更好地想象出这一场景,让我们假设自己正在观看一场真正的选举:我们站在一个主码头上,那里聚集了一百五十名船员和三名船长候选人。第一个是民主党人,第二个是共产党人,第三个是保守党人。船员中有六十个共产党,五十个民主党和四十个保守党。现在我要向你展示为什么这件事不可能恰当地进行。

"如果共产党候选人想赢的话,他将不得不对民主党和保守党们做出一些承诺,因为他只'保障了'六十张选票,他必须再确保至少十六名其他党派的人有兴趣选他。可是,他会履行他所做出的承诺吗?当然,上述情况也适用于其他两名候选人。

"出海时,无论哪个人当选为船长,他总会发现船员中有相当多的人基本都在反对他的决策,因而船上总是有很大的叛乱风险。

"当然,幸运的是——这不是一个船长获得权力的方式。我只是想说明在选举领导人的过程中,基于其政治倾向而非真诚领导人民走向正确方向的能力时,会有的潜在危险。

"关于这个话题我必须强调的另一点是:出海后,我们的'被选船长'是船上独一无二的领导者;然而,当一个政党领袖当选国家首脑时,他会立即面对一名'反对党'领导人。从他任职那刻开始,无论他的决策是好是坏,他都会遭到决心让他下台的反对党有组织的责难。一个国家怎能在这种体制下得到有效的治理呢,米歇?"

"你有解决办法吗?"

"当然,我已经给你描述过了。唯一的办法就是效仿姆大陆的政府。

"就是说让把人民幸福作为唯一目标的人当选为国家领导——一位不为虚荣、党派和个人金钱野心所驱使的领导人;废除政党——以及与之相随的怨恨、妒忌和敌意;向你身边的人敞开双臂——接受他们并与他们共事,无论你们之间可能有什么差异。毕竟,他和你在同一条船上,米歇。他也是同一个村庄,同一个城市,同一个国家,同一星球的一分子。"

"你住的房子是由什么构成的,米歇?"

"由砖……木材、瓷砖、石膏、钉子……"

"是的,那这一切材料又是由什么构成的?"

"当然是原子。"

"很好,如你所知,这些原子要形成砖或其他任何建材时都必须非常紧密地连接在一起。如果它们之间互相排斥而不是像现在这样互相结合,会发生什么事情呢?"

"分解。"

"这就是了。当你排斥你身边的人、你的儿子或你的女儿——如果你总不愿意帮助那些你不喜欢的人,你就在促进你文明的瓦解。因为仇恨和暴力,类似这样的事情正在地球上愈演愈烈。

"考虑一下你星球上众所周知的两个例子吧,它证明了暴力不是一种解决办法:第一个是拿破仑·波拿巴:他用军队征服了整个欧洲,还任命自己的兄弟为被征服国领袖以减小叛乱的风险。人们公认拿破仑是一位天才;也确实是一位称职的组织者和立法者,因为二百多年后,他的许多法律仍存在于法国。但他的帝国变得如何,米歇?——它很快就瓦解了,因为它是通过战争建立起来的;希特勒也同样试图用武力征服欧洲,并且你也知道后果如何。

"暴力不可能有好报,永远也不会。相反,解决的办法是爱和修养心灵。

"你注意过没有,全世界,特别是在欧洲,你们有许多伟大的作家、音乐家和哲学家出现在十九世纪以及二十世纪初?"

"是的,我想是这样。"

"你知道为什么吗?"

"不知道。"

"因为,随着电力、内燃机、汽车、飞机等诸如此类事物的出现,地球人只专注于物质世界,忽视了他们精神的培养。现在,就像圣贤长老(涛拉)解释过的那样,物质主义是你们今生和来世的最大的威胁之一。

"在政治家之后,你们还有新闻工作者和记者的问题。他们中有些人,但可惜只是很少一部分,是在努力地做着真诚、公正地传递信息的工作,仔细地核实消息来源。但让我们十分震惊的是，他们中的绝大多数人只追求轰动效应。

"你们的电视台也是这样，越来越多的暴力镜头出现在屏幕上。如果强制性地要求相关人员在承担如此重大的责任前学习精神心理学，将会向正确的方向迈出一步。你们的记者似乎是在追求，甚至是在渴求，甚至是争相报道那些暴力、谋杀、惨案和灾难场面。我们都为他们的行为感到恶心。

"国家领导人也好，新闻工作者也好，事实上，任何能凭借其职位对民众施加影响的人，都对成千上万和他们一样的人负有极大的责任。但是，太经常发生的却是：即使是那些经民众选举到某个职位的领导人，也会忘记他们在这方面的职责——直到，确切说是新一轮选举前几个月，他们才会想起民众是不满的，而且可能不会再选他们。

"尽管新闻工作者不用面对这种情况，因为他们不需要激发民众对他们的信任以获取职位，但是他们有着相似的权力——通过有益或有害的方式影响他人。他们的确有能力做很好的事情，那就是让公众意识到危险和不公——这应当是他们的主要职能。

"回到这类高知名度人群需要理解并应用心理学的话题，我将给你举一个合适的例子来阐明我的意思。我们在电视上看到以下报道：一个年轻人刚用一把来复枪射杀七人，其中包括两名妇女和两名儿童。记者展示了尸体和血迹，并补充说该杀人犯模仿了一个演员的风格，那名演员为其在影片中所扮演的暴力角色而广为人知。结果是什么呢？杀人犯将会为自己自豪，因为他不但获得了'国家级恶名'，而且还能和现代暴力电影中的一个非常受欢迎的英雄相比。但是，不仅如此，另一个这样的疯子看见报道并听到记者们的评论——那些记者们对这个可憎罪犯的无端关注,将唆使他谋求他自己的国家级'荣誉'时刻。

"这样的人往往是一个失败者——一个压抑、沮丧、胆怯的;一个被忽略,渴望得到别人认可的人。他刚看了报道,并且他还知道所有的暴力事件都会被报道,有时甚至是被夸大。也许他的照片会出现在所有报纸的头版——为什么不会呢?之后他将站在法庭上,或许会被称为'开膛手杰克'或'戴着天鹅绒手套的扼杀者'。他再也不会被列入普通人的行列了。这种不负责任的报道所带来的危害是难以想象的,轻率的和不负责任的,这些都不是文明国家的显著特点。这就是为什么我说,在地球上,你们连文明的边都没沾到。"

"那么,解决方法是什么呢?"

"你为什么要问这个问题,米歇?你被选中是因为我们知道你是如何思考的,而且我知道你自己明白这个问题的答案。不过,如果你坚持,我可以告诉你答案。新闻工作者、记者以及任何从事信息传播工作的人,应该用不超过两三行的话报道这类凶杀案。他们可以简单地说,'我们刚获悉一个没有责任感的疯子杀害了七人,这场凶杀发生在某某处,在一个自诩文明的国度里,这是一起令人难过的事件'。那些寻找他们一日或数周荣誉的人无疑会把凶杀排除在可行方式之外——如果他们的努力只会换来如此少的报道,你同意吗?"

"那么,他们应该报道些什么呢?"

"有太多值得展现的事情了——报道那些能提高地球人心智的、有意义的事件,而不是用负面信息给他们洗脑。报道诸如冒着生命危险拯救一名落水儿童,或帮助穷人改善命运的事情。"

"当然,我完全赞同你的话,但我敢说报纸的发行量取决于

153

它报道的那些爆炸性新闻。"

"你瞧，我们又回到了之前提到过的万恶之源——钱，这是侵蚀你们整个文明的祸根。然而，单纯在这件事情上，如果那些相关责任人被鼓励去改变的话，情况是会反转的。无论在哪颗星球，对人类最大的威胁最终都是精神上的，而非物质上的。

"毒品同样能对个体的精神产生负面影响——它们不仅能摧毁肉体的健康，还颠倒了一个人的普遍进化过程。它们在带来极乐状态或虚幻天堂的同时，还会直接攻击灵体。我将详细地讲下这点，因为它非常重要。

"灵体只会被两样事物损害：毒品和某些类型的噪音引起的振动。在此只说毒品，必须明白，它们有一种完全违反自然的效果。它们将灵体'搬运'到一个它不该待的区域。灵体应当不是待在肉体中，就是作为它高级自我的一部分同高级自我在一起。吸毒后，一个人的灵体就像在'睡'着体验虚幻的感受，而这将完全破坏他的判断力，这和一具肉体在经历一场重大的外科手术时的情况相同。换句话讲，这就好比一个工具因使用不当，或被用错了地方而导致变形或损坏一样。

"根据一个人受毒品影响的时间长短，他的灵体将衰退，或者——更准确讲，是被虚假数据浸透。灵体的'恢复'需要好几世，所以，米歇，无论如何都应当避免毒品。"

"那么，有件事我就不明白了，"我打断道，"两次了，为了将我的灵体从肉体中释放出来，你给我吃了药，这样难道没有伤害我？"

"没有，当然没有。我们用的不是致幻药物，而是为了协助一个过程，一个通过恰当训练可以完全自然发生的过程。那不是一种'迷'药，因而对你的灵体毫无危害，而且它的作用时间也非常短。

"再回到你们星球的问题。米歇，解决办法取决于爱——不是钱。这需要人们超越仇恨、厌恶、愤怒和猜忌；并且每个人，无论他是街道清洁工还是社区领袖，都将身边的人放在自己之前，对任何需要帮助的人都施以援手。

"每个人都需要，在物质上和心灵上，得到身边的人的友谊——这不仅限于你们的星球，而是适用于所有的星球。正如耶稣所说——当我们在差不多两千年前派他去你们那里时：'彼此相爱'。可是当然……"

"涛！"我再次打断她，这次几乎是粗鲁地，"你刚才说耶稣什么了？"

"米歇，耶稣是在差不多两千年前从海奥华派到地球的，就像拉梯欧努斯也去了地球并返回了一样。"

在对我讲过的所有事情中，这个出乎意料的启示是最令我震惊的了。与此同时，涛的辉光迅速地改变了颜色，围绕着她头部的淡淡金"雾"几乎变成了黄色，头顶散开的那柔和色彩也伴随着新能量放出了光芒。

"一位圣贤长老（涛拉）正在召唤我们，米歇，我们必须马上过去。"涛站了起来。

我调整了一下面罩并跟她来到外边，为这突然的中断和不同寻常的紧迫而感到十分好奇。我们登上飞台，垂直升到树冠之上。很快我们就飞过了海滩，之后是大海，我们以一种比之前任何时候都快得多的速度飞行着。太阳在天空中已经很低了。我们掠过水面，海水是翠绿色或者说是一种无瑕的湛蓝色——如果我能用地球词汇来描述颜色的话。

一群翼展约四米的大鸟正好从我们的前方横飞而过,阳光点亮了它们翅膀上那亮粉色的羽毛和尾部鲜绿色的羽毛。

没多久,我们就到了岛上,涛还是将飞台停在了公园里,看起来跟上次是同一个位置。她示意我跟上她,然后我们就动身了——她在走,我在她身后跑。

这次我们没有往中央都扣走,而是走了一条不同的路。最终,我们来到了另一个都扣,它和中央都扣一样大。

有两个人正在入口灯下等着我们,她们都比涛高。涛小声地和她们说话,然后靠得更近一些进行了简短的交谈,没有让我听。她们站直身子,朝我这边好奇地瞥了几眼,但脸上没有一丝微笑。我可以看见她们的辉光,不如涛的亮——这一定表明她们的灵魂进化程度不如涛高。

我们待在原地等了很久,公园里的鸟儿靠过来看着我们,除了我之外没人注意它们,同伴们显然都在沉思。我记得很清楚,一只像天堂鸟一样的鸟过来停在我和涛之间,怎么看它都像想要得到赞美似的。

太阳很快就要落下去了,我记得当时自己看着它最后的光线照在树枝高处,在树枝间闪烁着紫色和金色的光点。一群鸟儿在树冠中拍打翅膀的喧闹声打破了沉寂。这就像是个信号,听到后涛让我取下面罩,闭上眼睛拉着她的手,她要领着我走。我更好奇了,并按照她说的做了。

向前走时,我感到了轻微的阻力,现在我已经熟悉它了。我们进了都扣,经心灵感应,我被告知半闭上眼睛朝下看,跟在涛后面。我们走了约三十步后停了下来,涛让我站在她身旁。仍然是通过心灵感应，她示意我现在可以睁开眼睛看看四周；这我做得很慢。我面前有三个人，他们很像我之前见过的那些人；和那些人一样，他们直腰盘腿坐在盖着织物的块状座位上，每个座位的颜色都和上面的人很相称。

我和涛站在两个类似的座位旁，直到通过心灵感应——而且没有任何手势，我们才被邀请落座。我陆续朝周围看了看，却没有看到我们在入口处遇见的那两人的身影，她们大概在我身后⋯⋯

海奥华上的七位大师：正在禅坐的七位圣贤长老（涛拉）。和之前一样，长老们（涛拉）的眼睛给我一种有光从中发出的感觉，但不同的是，这次我能立刻看见他们的辉光——全是非常赏心悦目的、灿烂明亮色彩。中间那个人悬浮起来，没有改变姿势，缓缓地向我飘来。他在我面前稍高处停了下来，然后将一只手放在我的小脑底部，另一只手放在我头颅的左侧。又一次，我感觉一种幸福感如流水般贯穿我的身体，但这次我差点昏过去。

他将手移开后返回了他的座位，也许我应当说明一下的是，关于他的手在我头上的位置细节是涛后来告诉我的，因为，和上次一样，我当时是无法记住这些细节的。然而我却记住了当时，在他回到座位上时我有一个念头——挺不合时宜的念头——"我可能永远都看不到这些人像别人一样使用双腿"。

第十章

奇异的外星人和我的前世

不知过了多久，突然，我本能地将头转向左边。我确信我的嘴张得老大，而且一直没能合上。我之前见过的那两个人中的一个正领着一个长相非常奇特的人从左边朝我们走来，她的手搭在那人肩上。一时间，我还以为那个人是红印第安人酋长，就像我们在电影里看到的那样。在此，我将尽我最大能力描述一下他的样子。

他很矮，身高大约有一米五，但最让人震惊的却是他的体宽和身高一样——就像一个正方形。他那浑圆的头直接落在他的肩膀上。让我一下子想到印第安酋长的是他的头发，不过那更像一些黄色、红色和蓝色的羽毛而非毛发。他的双眼很红，面部"平坦"得几乎像一个先天愚型患者。他没有眉毛，但睫毛要比我的长四倍。和我一样，他也穿着一件海奥华人给的长袍，不过颜色和我的相去甚远。从长袍里伸出的四肢和他的脸一样，都是淡蓝色的。他的辉光有几处银色，绽放出绚烂的色彩；他的头部缠绕着一圈耀眼的金色光环。

他头顶的色彩束要比涛的小很多，只向空中升起几厘米。通过心灵感应,他被邀请坐到我们左侧约十步远的座位上。

中间那个人又悬浮到这位新来者面前,并将手放在他头上,重复了刚才我体验的过程。

当我们全都坐下后,这位伟大的人物开始对我们讲话。他说的是海奥华语,我十分震惊地发现自己能理解他说的所有的话,就好像他在用我的母语讲话!

见我如此激动,涛用心灵感应说道:"是的,米歇,你得到了一个新天赋,稍后我会给你解释的。"

"阿尔基,"长老(涛拉)说道,"这是米歇,他来自地球。欢迎你来到海奥华,阿尔基,愿神灵开化你。"

他对着我继续道:"阿尔基是从X星(我被要求不得透露这星球的名字,也不得说出被禁止这么做的原因)来拜访我们的。以神灵和全宇宙的名义,我们感谢他,就像我们感谢你一样,米歇,谢谢你愿意在我们的任务中与我们合作。

"阿尔基在我们的要求下乘阿古拉①来到这里,主要是为了见你,米歇。

"我们想让你用你自己的眼睛看一下,用你自己的手摸一下,一个与我们人种差异极大的外星人。阿尔基生活在一个和地球同级的星球上,尽管两者在某些方面非常不同。这些'不同'本质上都是物理方面的,在历经了漫长的岁月后,它们改变了人类的物理外貌。

"我们还想向你说明几件事,米歇。阿尔基和他的同胞们在技术和精神层面都高度进化——想必你会感到吃惊,因为在你看

---

① 作者注:X星上的一种宇宙飞船,能以略低于光速的速度飞行。

来他的外貌可能是'反常'甚至是丑陋的。然而通过看他的辉光，你可以发现他是一个精神层次高的好人。我们还想通过这次经历向你展示：我们不仅可以给你暂时看见辉光的天赋，还可以给你不用心灵感应就能听懂所有的语言的天赋。"

"原来如此。"我想道。

"对，就是如此，"长老（涛拉）答道，"现在，你们俩靠近一些。彼此交谈，如果你们想的话，互相碰触一下——总之，彼此熟悉一下。"

我站了起来，阿尔基也站了起来。当他站起时，他的双手几乎要碰到地面。他的每只手都有五根手指，和我们一样，但大拇指却有两根——一根和我们的位置相同，另一根在小拇指的位置上。

我们靠近对方，他对我伸出双臂，手腕向前，双手握拳。他朝我微笑着，露出一排整齐平坦的牙齿，他的牙齿跟我们的一样，但却是绿色的。我伸手回应，却不知道该做什么动作，然后他用他自己的语言向我问好——现在我完全听得懂。

"很高兴见到你，米歇，而且我想像欢迎我自己星球上的客人一样欢迎你。"我热情地感谢了他，激动的心情难以平复，导致我说的话居然用法语开头，英语结尾，而他也一样没有任何理解困难！

他继续说道："在圣贤长老（涛拉）的邀请下，我从X星来到海奥华，那颗星球在许多方面都和你们的相似。它比地球大两倍，有一百五十亿人口。但是，像地球和其他初级星球一样，它是一颗'忧伤的星球'。我们的问题和你们的很像：自从我们在我们的星球上生活起，已有过两次核浩劫；我们还经历过独裁、犯罪、瘟疫、大天灾、一个货币体系和一切与之相关的——宗教、狂热崇拜和其他事情。

"然而，在我们的八十年（我们的一年有四百零二个二十一小时的天）前，我们开始了一场革新。实际上，这场革新是由来自一个小村子的四个人发起的，那个村子位于我们星球上一个大洋的海边。这一队人由三男一女组成，他们宣扬和平、爱和言论自由。他们行进到他们国家的首都，要求领导人们的一次接见。他们的请求被拒绝了，因为那是军人独裁的专政。在六天五夜的时间里，这四人睡在皇宫门前，什么也没吃，而且只喝了一点水。

"他们的坚持吸引了公众的注意，于是在第六天，两千多人在皇宫前聚集。这四人用虚弱的声音劝说人们用爱联合起来改变政体——直到警卫通过射杀那四人结束了他们的'布道'，并恐吓人群如果他们再不散去也会被射杀。人们真的很畏惧，所以很快就散去了。虽然如此，一粒种子已在人们的心中种下。经过反复考虑，成千上万的人开始认识到：没有一种和平的理解，他们是无力的，绝对无力的。

"消息在人群中传播——穷人和富人；雇员和雇主；工人和工头；在六个月后的一天里，全国都停滞了。"

"你说的'停滞'是什么意思？"我问道。

"核电站关闭，高速路堵塞，运输系统瘫痪——一切都停了下来。农民不再供应作物，广播和电视网络停止播送，通信系统关闭。警察面对这样的联合束手无策，因为，在几个小时的时间里，数百万人参加了这场'停工'。看起来，在那时，当人民联合起来反对不公和苛政的时候，他们忘记了仇恨、妒忌和分歧。警察部队和军队是由人组成的，而这些人的亲人和朋友就在人群里。

"这已经不再是杀死四个颠覆分子的问题了。仅'解放'一座发电厂就得枪毙成百上千的人。

"面对人民的决心,警察、军队和独裁者都被迫屈服。只有二十三个狂信者死在了这场事变中,他们是总统的私人保镖——为了抓住总统,士兵们不得不向他们开枪。"

"他被绞死了吗?"我问道。

阿尔基笑了:"为什么?没有,米歇。人们摒弃了暴力,他被流放了,去了一个他不能再危害人民的地方。事实上,人民的榜样唤起了他的洗心革面。他又一次发现了爱和尊重个体自由的道路。最终,他死了,并为他过去所做的一切而后悔。现在,那个国家是我们星球上最成功的,但是,我们还有其他国家像你们星球上的国家一样,处于暴力的极权统治下,我们正在尽全力帮助它们。

"我们知道我们今生所做的一切都是学徒训练,为的是将来有一天我们能够毕业,成为一个高等的存在,甚至是永远从我们的肉体中解脱。你肯定也知道,行星是分级的,而且当一个行星处于危险中时,可以将整个行星的居民迁移到另一个行星。但是,如果新行星的等级不同,没有人能这么做。

"由于我们出现了人口爆炸,而且有着高度发达的技术,我们曾访问过你们的星球,想要在那里建立一个定居点,但我们放弃了这个想法,因为你们的进化程度将给我们带来更多的害处而非益处。"

这番话我听着不怎么舒服,显然我的辉光也向阿尔基表明了这点。他笑着继续道:"很抱歉,米歇,不过我只是在不做作地讲话。我们仍然访问地球,但只是作为观察者。我们的兴趣是研究，并从你们的错误中学习。我们从未干涉过，因为那不是我们的任务，并且我们也永远不会入侵你们的星球，因为那对我们来说会是一场倒退。我们不会嫉妒你们的——无论在物质上、科技上还是在精神修养上。

"回到我们的灵体，灵体绝对不可能在没有进化完全的情况下就转换到一个高级星球上。当然了，我说的是精神而非技术方面的进化，这种进化通过肉体发生——肉体在这个过程中将一直提升，提升到这个星球允许的最大程度。你已经了解了行星的九个分级，我们的是在最底层。我们，在我们现在的肉体中，只允许在这里待九天，按照宇宙法则，在第十天，我们的肉体将会死亡，而且不论是涛还是圣贤长老们（涛拉）——都不能以她们那起死回生的能力阻止或逆转这个过程。大自然有着非常严格的规则，以及完善的规则保护措施。"

"可是如果我在这里死去，也许我的灵体可以待在这儿并转世成海奥华上的一个婴儿？"我的内心充满了希望，一时间，忘记了地球上我所爱的家人。

"你没理解，米歇。如果你还没结束你在地球上的时间，宇宙法则会要求你再转世到那里。但有可能的是：当你真正死于地球——当你的时候到了——你的灵体将转世到另一个更高级的星球上去……一个二级或可能是三级星球，或者甚至是这个，这取决于你当下的修养进化程度。"

"那么说，是有可能跳过所有等级，让我们转世到一个九级的行星了？"我问道，心中仍然充满希望，因为，毫无疑问，我将海奥华视作一个真正的天堂。"米歇，你能取一些铁矿石和煤，将它们加热到合适的温度就生产出纯钢吗？"

"不能。首先你得撇掉铁中的杂质，之后再回炉加工，这样一次一次又一次直到生产出一级钢。这个道理同样适用于我们，我们必须被不断地'加工'直到变得完美。因为最终我们会重返神灵，而本质纯净无瑕的神灵，是不能接受丝毫瑕疵的。"

"那看起来太复杂了！"

"创造万物的神灵就希望如此，并且我确信，这对他来说非常简单；但对于可怜的人类的头脑来说，我承认，这有时是难以理解的；而且我们越尝试接近本源，难度就越大。因此，我们尝试过废除宗教和教派，而且还在几个地方成功了。他们显然是想把人们组织起来，帮助他们礼拜上帝或神灵并加深理解。但是，由于一些牧师注重的是其个人利益而非跟随自然和宇宙法则，通过引进由自己发明的仪式和规则，他们把这一切都搞得更加复杂和非常难解了。通过你的辉光，我发现你已经知道一些相关的事情了。"

我笑了，因为的确如此，并问道："在你的星球上，你们能看见辉光并解读它们吗？"

"我们中的少数人学过，其中包括我。在这个领域，我们要比你们稍先进一点，然而我们对此进行了大量的研究，因为我们知道这对我们的进化来说是必要的。"

他突然停了下来。我意识到是一条来自圣贤的心灵感应命令让他这么做的。

"现在我得走了，米歇。如果对你讲的话能使我帮助你和你在宇宙那边地球上的同胞，我会为自己能这么做而感到非常高兴。"

他向我伸出手，我也伸出了手，尽管他长得丑陋，但我真想吻他并将他搂在怀里，我多想这么做……

后来我得知他和另外五个人一起遇难了，他们的飞船在离开海奥华仅一小时后爆炸了。我希望他的来生能转世到一个更适合居住的星球上……不过也许他会为了帮助他的人民而返回他自己的星球——谁知道呢？茫茫宇宙间，我曾遇到过一个兄弟——他像我一样，在一个忧伤的星球上生活着；在同样的学校里，学习着，如何在有朝一日，获得永恒的幸福。

在阿尔基和他的引导人离开房间后，我又在涛旁边坐了下来，给我理解一切语言天赋的那位圣贤长老（涛拉）又对我说道：

"米歇，正如涛告诉过你的，你是被我们选出来参观海奥华的，但我们选择的本质动机还没有向你展示。这不仅是因为你已经有了一个觉醒和开放的头脑，而且——并且主要是——你是目前生活在地球上的少数索卡斯之一。'索卡斯'是一个在人类肉体中生活了八十一世的灵体，他在这些世里在不同的星球或不同的星级上生活过。当他们可以继续好好'爬梯子'，不用再倒退时，'索卡斯'由于各种原因回到低等星球，比如地球，生存了。你知道数字九是宇宙数字，你现在所在的九都扣城是按照宇宙法则建造的；你的灵体有九次九世，最终结束在一次伟大循环中。"

我又一次彻底惊呆了。我曾猜测此生并不是我的第一世，特别是在姆大陆之行后——但是八十一世！我不知道一个人能活这么多……

"活更多世都是可能的，米歇，"长老（涛拉）打断我的想法说道，"涛到了她的第二百一十六世，不过其他人要少得多。就像我说过的，你是从生活在地球上的非常少的'索卡斯'中选出来的，但是，为了能让你在我们星球的旅程中获得一个彻底的理解，我们还为你安排了另一场旅行。这样你将可以更好地知道什么是转世轮回，以及它的目的。我们将允许你重临你的前世，这次旅行迟早会在你写书时对你有所帮助，因为你将充分理解它的意义。"

他刚说完，涛就将手放在我肩上将我转了个身。她领着我走向休息室——那似乎是每个都扣都会有的一个区域。三位圣贤长老（涛拉）跟着我们，依然是通过悬浮跟着我们。

涛示意我躺到一块巨大的纤维制品上，它像个气垫一样。"为首"的长老（涛拉）停浮在我头的后方，另外两位分别握住我的一只手，涛将双手内凹扣在我太阳穴上方。

之后，"为首"的长老（涛拉）将双手食指放在我松果体上方，用心灵感应要求我盯着他的手指看。

几秒后，我感觉自己在以一种不可思议的速度向后滑——穿过一个黑暗、无尽的隧道。之后，我突然从隧道里出来，进入了一个看起来像是煤矿巷道的地方。几个前额戴着小矿灯的男人正在推矿车；还有几个人在稍远处用鹤嘴锄敲着煤，或是将煤铲到矿车中。我朝巷道尽头移去，在那里，我可以仔细地观察其中一个矿工。我好像认识他。一个来自我内心的声音说道："这是你的肉体之一，米歇。"那人又高又壮，身上满是汗水和煤灰，正在吃力地将煤往一辆矿车上铲。

场景突然变了，就像我在灵球里的姆大陆时那样。当一个矿工在矿井入口处用德语喊他的名字时，我知道了他叫齐格弗里德，我完全明白他们的话——我既没有说过也不懂那种语言。另一个矿工让齐格弗里德跟上他，他朝一个看起来多少比街上其余房子大的旧棚屋走去，这条街显然是村里的主街。我跟着他俩进去，那里面亮着油灯，男人们坐在桌旁。

齐格弗里德加入了其中一伙,他们冲一个围着脏围裙的粗人喊了些什么,一会儿后,他给他们拿了一个瓶子和一些锡镴高脚杯。

另一个场景叠在这个上面,看起来是几小时之后。还是那个棚屋,但现在,齐格弗里德跌跌撞撞地走了出来,显然是喝醉了。他朝着一排稍小的棚屋走去,每个屋子的烟囱都有黑烟盘旋而上。他粗暴地打开其中一间的门走了进去,我紧随其后。

八个从一岁开始逐个相差十二个月的孩子坐在一张桌子旁,他们正用勺子从碗里舀着——碗里装满了看起来让人没有食欲的燕麦粥。他们全都抬起了头,用畏惧的目光看着他们突然出现的爸爸。一个身材中等不过看起来很强壮、暗金色头发的女人凶巴巴地招呼他道:"你去哪儿了?钱在哪儿?你很清楚孩子们已经两周没有吃过豆子了,还有,你又喝醉了!"

她起身走向齐格弗里德。当她抬手要扇他的脸时,他抓住了她的胳膊并用左拳朝她打去。这一拳是如此之重,以至于她直接飞向后方。

她倒地时,颈后撞到了烟囱的炉床上,当场丧命。

孩子们哭喊着,尖叫着。齐格弗里德向他的妻子俯过身去,她那双睁大的眼睛直勾勾地望着他。

"弗蕾达,弗蕾达,起来,快起来!"他哭喊着,声音里充满了痛苦。他用胳膊抱着她,想帮她站起来,但她已经站不起来了。突然,由于她一直目不转睛地盯着他,他才意识到她死了。他现在清醒了,破门而去,遁于黑夜,他跑啊跑啊,就像已经失去了理智。

场景又变了,齐格弗里德出现了。夹在两个看守之间的他被紧绑着，其中一人正在往他头上戴头套。刽子手也戴着一个在两眼处有洞的头套，是个魁梧的男人，大手里握着一柄宽刃斧头。看守让齐格弗里德跪下，将他的身子前弯好把头靠在行刑墩上。这时，刽子手走上前来估摸着他的位置；随着刽子手在他头上缓缓地举起斧头，一名牧师匆忙诵出祷词。突然间，他将斧头朝齐格弗里德的颈部劈了下去，受刑者的头滚过地面，人群后退了几步。

我刚目睹了我一世肉体的横死……

这感觉很奇怪，在他死前，我的心里一直都充满着对这个人的极大喜爱。尽管他做错了，我还是很同情他。然而，在他死的那刻，当他的头在低语的人群中滚过地面时，我升起了一种巨大的解脱感——为他，也为我自己。

突然，我到了另一个场景中。一个湖出现在我的面前，波光粼粼的蓝色湖水反射着两个低垂在天际的太阳的光线。

一条小船正在湖面行驶，上面的雕刻和图画富丽却不失精巧。一些男人在划着船，他们身材中等，肤色微红，正将手里的长篙插入水中。华盖下，装饰华丽的宝座上坐着一位可爱的年轻女子，她肤色金黄，椭圆形的脸蛋再配上漂亮的杏眼和亚麻色的及腰长发，显得十分迷人。

她显得很悠闲，嘴角还挂着微笑。年轻的同伴围在她身边，正在轻松地为她服务。我立刻就知道这个美丽的人儿是在另一世里的自己。

船平稳地朝一个码头驶去，那里有一条布满小花丛的宽阔大路；路的尽头是一片丛林，树木环绕着一个看起来像皇宫的建筑，它有着不同高度的屋顶和各种各样的颜色。

场景一变，我发现自己被送到了皇宫里一间装饰得十分奢华的房间中。

一面打开的墙通向花园——那是一个非常规整的小型花园，花草的颜色和种类都令人叹为观止。

肤色微红的仆人们穿着亮绿色的缠腰布，正在忙着服侍一百多名客人。"客人"中男女都有，而且全都身着华装，他们有着同船上女子一样的淡金色皮肤。与那些仆人的肤色相比，这些人的肤色是地球上的白人女子在经过大量日光浴后也能有的。

来自船上的美丽女子坐在一把高背椅上，那椅子看起来位于整个房间里最显眼的地方。我可以听到柔和而迷人的音乐，它好像是从房间的远端以及花园里传来。

一名仆人打开了一扇大门，迎进来一位高大的男青年——他可能有一米九高，而且一样有着金色的皮肤。他体格健壮，举止显出一副骄傲的样子。

铜黄色的头发勾勒出一张五官端正的脸。他迈着稳健的大步朝那女子走去，并在她面前鞠了一躬。在对他耳语几句之后，她向仆人做了个手势，只见仆人们搬过来一张和她坐的一样的扶手椅，并将它放在她旁边。男青年坐了下来，然后握住了那女子伸给他的手。

突然，在她的一个示意后，一个锣响了几声。房间里安静了下来，客人们都转向这对情侣。那位年轻女子用一种响亮的声音，直接对客人和仆人们说道："所有聚在此处的人们，我想让你们知道我已经选择了一个伴侣，就是他，西努林尼。而且经我同意，他将从此刻起，在我之后——享有所有的皇家特权和待遇。实际上，他将是，继我——女皇和元首之后，王国的二号领导人。任何违逆他或是他以任何形式做错的事情都要向我汇报。

我和西努林尼的第一个孩子,无论男女,将会是我的继承人。我,拉比诺娜,国家的女皇,就此决定。"

她又示意了一下,再次响起的锣声表明她的讲话结束。客人们一个接一个地在她面前深鞠躬,毕恭毕敬地亲吻了她的脚,之后又吻了西努林尼的脚。

这个场景消失在模糊中,另一个场景出现了——还是在皇宫内,不过是另一个房间。皇室的成员们都坐在宝座上,拉比诺娜正在主持公道,各式各样的人依次走到女王面前,她认真地听着每个人的话。

一件不同寻常的事情出现了,我发现我能进入她的体内。这很难解释,但在很长一段时间里,在我观察和倾听时,我就是拉比诺娜。

所有的话我都能完全理解,而且当拉比诺娜宣布她的判决时,我完全同意她的决定。

我能听到人群中的小声议论,人们在赞美她的智慧,她一次也没有朝西努林尼看,也从未问他的看法。我心中升起一股巨大的自豪感——我在另一世里曾是这个女人。这时我开始感到一阵轻微的刺痛感。

一切再次消失了,之后我出现在了一间十分奢华的卧室中。那是拉比诺娜,她正一丝不挂地躺在床上,三个女人和两个男人正在旁边走来走去。在靠近她时,我能看到她大汗淋漓的脸由于分娩的痛苦都变形了。

这些女接生员和王国中最有名的男医生们看起来很担心。胎儿是臀位,而且拉比诺娜已经失了很多血,这是她的第一个孩子,她已经精疲力竭了。接生员和医生的眼里明显露出了恐惧之色，我知道拉比诺娜已经意识到自己快要死了。

场景的时间后移了两个小时，拉比诺娜刚刚咽气，她失血太多。孩子，也已经死了，在他可以来到这个世界之前窒息了。拉比诺娜，这位二十八岁的美人，如此优秀美丽的一个人，刚刚释放她的灵体——我的灵体，去过另一世了。

更多的场景出现了，展现我在别的星球上的其他人生——身为男人、女人，还有孩子。我有两世是乞丐，三世是水手。我曾是印度的挑水工；活到了九十五岁的日本金匠；罗马的士兵；八岁时被狮子吞噬的乍得的黑孩；四十二岁死亡，留下了十二个孩子的亚马孙地区的印第安渔民；死于八十六岁的阿帕奇族的酋长；数世是地球和其他星球上的农民；还有两世是修道者，一世在西藏山区，一世在另一个星球上。

除了我是拉比诺娜——统治着一个星球的三分之一的女皇外，我的很多次转世都非常平凡。我看完了来自我前八十世的所有景象——有些给我留下了非常深的印象。我没有时间在这本书中将它们一一道出，因为每一世都可以写满一章，也许有一天我会把它们写出来。

"展览"结束后，我有种在"隧道"中向后移动的感觉，之后，在睁开眼睛时，我看见涛和那三位长老（涛拉）正慈祥地微笑着。当确定我确实回到了我现在的肉体中，为首的长老（涛拉）对我说了以下的话：

"我们向你展示了你的前世，你应该会注意到它们是各式各样的，就像被系在一个轮子上。因为轮子是要转动的，任何在顶部的点很快会在底部——这是不可避免的，你发现了吗？

"某一天你是一个乞丐，之后你可以成为一个女皇，就像拉比诺娜；当然了，她不仅在轮子顶部，还学习了很多，极大地帮助了他人。然而，在许多情况下，一个乞丐学到的会和国王一样多，并且在某些时候能比国王学到更多。

"当你在山中当一个修道者时，你帮助了许多人——比你大多数其他的人生要多得多。最重要的不是表象，而是其背后是什么（意即不在于你的一生是什么，而在于你那一生做了什么）。

"当你的灵体使用另一个肉体时，原因很简单的——为了学更多，越来越多……

"就像我们给你讲过的那样，这是为了你高级自我的缘故。这是个持续纯化的过程：在一个乞丐，一个国王或是一个矿工的体内都同样有效。肉体仅仅是一个工具，一个雕刻家的凿子和锤子都是工具，它们本身永远不会成为美，但它们在艺术家的手中会有助于创造美，一件精美的雕像是不可能被雕刻家空手创造出来的。

"你心中应当永远牢记这个重点：一个灵性生命，在任何情况下，都必须遵循宇宙法则，并且，通过尽可能地顺随自然，它能够以最快的途径到达终极目标。"

说完，长老（涛拉）们返回了他们的坐处，我们也回到了自己的座位。

在我待在都扣的这段时间里，太阳已经落山了。然而，他们并不认为有必要给我解释周围这发亮的环境是怎么回事——我们能看见都扣内至少十五米远的地方。

我仍在注视着长老（涛拉）们，他们正在慈祥地看看我，弥漫在他们周身的金雾变得越来越浓，最终他们消失在其中——就像我第一次拜访他们时看到的那样。

这一次，涛将她的手轻轻地放到我肩上并让我跟着她。她领着我向都扣的入口走去。我们很快就到了外面，眼前一片漆黑，除了入口上方外哪儿都没有光。我只能看见面前不足三米远的地方，于是便开始纳闷我们该怎样找到飞台。之后，我想起涛在夜晚可以像在白天一样看东西，我好奇地想看看这方面的证据——像个典型的地球人，我在寻找证据！证据马上就来了，涛毫不费力地将我举起，让我坐在她的肩上，就像我们在地球上带小孩时那样。

"你会被绊倒的。"在我们沿着路前进时，她解释道——的确，她似乎明确知道该往哪里走，就像在白天里一样。

不一会儿，她将我放到拉梯沃科的座位上并坐在了我身边。我把刚才一直拿在手中的面罩放到我的膝上，我们几乎是立刻就起飞了。

我得说的是，尽管我信任涛，但我还是对"盲"飞感到不适。我们在公园的巨树下飞行，而我甚至连平时那么明亮的星星都看不见了。大片的乌云在日落后聚集，我们的四周完全笼罩在黑暗之中。然而，我可以看到身旁涛的辉光以及她头顶特别亮的"色彩束"。

我们加了速，并且我确定我们在黑暗中飞得和在白天一样快。我感觉几滴雨点打到脸上，涛将手移到飞台的一个地方，我感觉不到雨了。同时，我感觉我们停了下来；于是我开始奇怪怎么了，因为我知道我们现在正在大海上空。不时地，在我们左侧的远处，我可以看见移动的彩光。

"那是什么？"我问涛。

"岸边都扣入口处的灯。"

我正在尝试弄清为什么这些都扣在移动,突然,在那看起来甚至更浓重的黑暗中一道光穿过直冲我们而来,并停在我们旁边。

"到你的地方了,"涛说道,"来吧。"

她又将我举了起来。我感到一股轻轻的压力,就像在进一个都扣时会感到的那种;之后,雨水拍了我一脸,这暴雨太大了,不过涛在跨了几步后就到了灯光下,我们进了都扣。

"我们回来得正好。"我评价道。

"为什么?因为这雨?不,它实际上已经这么下了一小会儿了。我启动了力场——你没注意吗?你感觉不到风了,对不对?"

"对啊,我还以为是我们停住了呢。我完全没搞懂。"

涛大笑起来,使我又一次感到了放松,而且这意味着解谜要开始了。

"这力场不仅能防雨,还能防风,所以你没有参照物来判断我们是否在移动。你看,人不能依赖感觉。"

"可你是怎么在这么黑的情况下找到这里的?"

"就像我告诉过你的那样,我们在夜晚的视力和在白天时一样,这就是为什么我们不用灯——我知道这对你来说不方便,你现在看不见我,不过,不管怎么说,我们度过了非常充实的一天,并且我认为你现在最好去休息,让我来帮你吧。"

她领我到休息区,向我道了晚安。我问她是不是要和我待在一起,然而她解释说她住得很近,回她那儿甚至连交通工具都不需要。于是她离开了,我躺在床上很快就睡着了。

第二天清晨,我在涛的声音中醒来,她正俯身在我耳边低语。

我发现,就像我第一次观察到的那样,这休息处真是名副其实。因为如果不是涛俯身对我讲话,我是不能听见她的声音的;

声音在这里被极大地消减了。而且，我睡得很香，一次也没醒过，我得到了充分的休息。

我起床随涛走向水池。就在这时，她告诉了我阿尔基遇难的事情，这消息使我十分伤心，泪水夺眶而出。涛提醒我阿尔基正在去往另一个转世，我们应该像记住一个离开我们到别处去的朋友一样记住他。

"这的确让人伤心，但我们一定不能自私，米歇，别的奇遇和乐趣也许在等着阿尔基呢。"

我洗漱完，和涛一起吃了一顿非常清淡的早餐，然后喝了一些含蜜饮料。我没觉得饿。抬头望去，我可以看见灰色的天空和落在都扣上的雨，这看起来蛮有趣，因为雨滴并未像落在玻璃圆顶上那样汇流而下，而是在它们到达都扣的力场时直接消失了。我看向涛，她注意到了我的惊讶，正在微笑地看着我。

"雨滴被力场移位了，米歇。这是基础物理——至少对我们来说是这样。不过你还有更有趣的事情要学，可惜的是，你的时间太少了。我还有很多事情必须要教给你，这样你的同胞才可能在你将来的书中得到启发——比如我昨天提到的，当时被阿尔基的到来打断了的基督之谜。

"首先，我必须要和你讲埃及、以色列还有亚特兰蒂斯——这个在地球上常常被谈及和有着那么多争议的著名大陆。

"亚特兰蒂斯，就同姆大陆一样，的确存在过；而且是位于北半球大西洋的中部。它与欧洲接壤，与美洲以一个地峡相连；与非洲以另一个地峡相连——这个地峡约和加那利群岛同纬度。它的面积比澳大利亚稍大一些。"

"姆大陆人在大约三万年前就住在那里了——事实上，它是姆大陆人的聚居地。那里也有一支白种人——他们身材高大，金发蓝眼。管理着这个国家的是来自姆大陆的玛雅人，这些非常博学的移民者在那里建造了一座萨瓦纳萨金字塔的复制品。

"一万七千年前，他们经北非彻底探索了地中海。在那里，他们教给了阿拉伯人（巴卡拉梯尼星的黑种人和黄种人的混血后代）很多新知识——物质以及精神方面的。比如今天阿拉伯人仍在使用的数字写法就来自亚特兰蒂斯，自然，也就是来自于姆大陆了。

"他们来到希腊并在那里建立了一个小移民点。希腊字母与姆大陆的几乎完全一致。

"最后，他们抵达了一个被当地人称作阿然克的地方，它就是你所知道的埃及。在那里，他们在一位名叫托斯的伟人的领导下建立了一个强盛的聚居地。他们的立法包含了姆大陆的信仰和亚特兰蒂斯的组织原则。他们改良了作物，用新方式耕作和新技术畜牧；并引进了制陶与纺织技术。

"托斯是亚特兰蒂斯的一个伟人，他在物质和精神方面的知识都十分渊博。他建立了村落，修造了庙宇；并且就在死去之前，他建成了你们今天所称的胡夫金字塔。每当这些伟大的移民者判断新的移民点在物质和精神上有巨大的发展潜力时，他们就会建造一种特殊的金字塔——一种工具——就像你在姆大陆上亲眼看到的那样。在埃及，他们用和萨瓦纳萨金字塔一样的模型修建了胡夫金字塔，不过尺寸只有原本的三分之一。这些金字塔都是独一无二的，而且，为了实现作为'工具'的功能，它们的尺寸、规格以及朝向都必须被精确地规划。

"你知道这用了多久吗？

"非常快——只用了九年，因为托斯和他的建筑大师们知道姆大陆的抗重力机密，以及——让我们称之为'电—超声波'技术切割石块的机密。"

"但是在地球上，专家们认为它是由法老胡夫修建的。"

"并非如此，米歇。当然，这不是地球上专家们所犯的唯一错误。然而，我可以确定法老胡夫曾按照这个金字塔的本来目的使用过它。

"玛雅—亚特兰蒂斯人不是唯一在探索和移民的民族。早在数千年前，纳加(Naga)人就已经在缅甸、印度定居，而且他们最终到达了埃及沿海——纬度大约在北回归线附近的地方。他们也同样建立了一个成功的聚居地，并占据了埃及南部。这两批移民都引进了相似的改良方法。纳加人在红海的边上建立了一座叫玛佑的大城市，当地居民上他们的学校，逐渐地被移民同化，成了埃及人。

"可是，大约在五千年前，埃及北部的纳加人和玛雅—亚特兰蒂斯人开始为一个十分荒谬的理由发生冲突。亚特兰蒂斯人的宗教与姆大陆的有着明显的不同，他们认为灵魂（灵体）是在其祖先所在的国家转世。所以，他们宣称灵魂会向西回到它来的地方。纳加人有一个相似的信条，但是他们宣称灵魂回到东方，因为他们来自东方。

"有那么两年，他们还真因为这个差异开战了，但这场战争并不是非常残酷，因为双方的人民本质上还是热爱和平的。而且最终，他们联合起来建立了一个统一的埃及。

"包含上、下埃及的埃及合众国的第一任国王叫默纳，孟菲斯城就是他建立的。他当选的方式和姆大陆实行的方法相同——这种方法在埃及并没有实行多久，因为那些权力膨胀的祭司们一点点地控制住了法老。这种情况持续了多年，屈服于祭司的法老中也有一些著名的例外，其中一个是被祭司毒死的法老阿赫那吞。死前，他说了如下的话：'我在地球上生活的这个时代，是一个朴素的真理不为人所理解，还遭到许多人排斥的年代。'就像在宗教流派中经常发生的那样，埃及的祭司们歪曲了简单的真理，以便更好地控制民众。他们让人们相信有魔鬼、各种神圣的存在以及其他一些这样的谬论。

"在此还必须要讲的是，在战前以及其后默纳当选为埃及国王的和平公约时期，纳加人和玛雅—亚特兰蒂斯人的人数基本相同。他们在上、下埃及都创造了辉煌的文明。

"国家繁荣昌盛，农业和畜牧业蓬勃发展，在埃及第一任国王默纳的统治时期，这个新兴的文明几乎到了它的鼎盛时代。

"现在，在这个时间点上，我们需要回到当时去看一看。阿尔基说地球仍在被外星人参观，而且就像你知道的那样，它在过去经常被访问。不过，我要详细说明一下。

"和其他散布在宇宙中的可居住行星一样，地球也会被造访。有时，某些星球上的居民们会因为他们的行星正在衰亡而不得不撤离。像阿尔基也解释过的那样，由于你不能像换房子那样换星球，你必须遵循一个严格确立的周期，不然后果将是灾难性的。而这就是发生在一万二千年前的事情。当时，为了在银河系中找到一个和他们星球同级的新星球，希伯拉星上的人们离开了家园，因为他们知道，在之后的一千年里，他们的星球将变得根本无法居住。

"一艘能以极高速度飞行的宇宙飞船在勘探飞行时出现了严重故障，不得不在你的星球上着陆。它降落在了克拉斯诺达尔地区，那是俄罗斯西部的一个城镇。当然了，当时那里还没有人，没有城镇，没有俄罗斯。

"飞船上有八名宇航员：五男三女。这些人身高约有一米七，白皮肤、黑眼睛，有着棕色的长发。他们成功着陆了，并开始修理飞船。

"他们发现地球的重力要比他们星球上的大，所以，最初有些行动困难。因为预计修理会花一些时日，他们在飞船附近建立了一个营地。一天，在工作时，一个意外导致了一场可怕的爆炸，它摧毁了一半飞船并造成五名宇航员死亡。另外三个人当时正在稍远处，都没有受伤。他们是娄巴拿恩，男性；莱维亚和蒂娜，两名女性。

"他们很清楚自己将面临什么，来自一个高级星球的他们并不属于地球，他们在这里实际上成了囚犯，所以，他们已经预料到了会有灾难降临，并没有对这次事故感到意外。

"在之后的几个月里，因为天气尚暖，这三人就留在原地。他们有一些武器，所以能获得一些猎物——他们的吗哪和柔司甜储备都在爆炸中丧失了。最终，寒冷侵袭，他们决定南迁。

"重力使他们很难远距离行走，他们向南方寻找温暖地带的长途跋涉成了一次不折不扣的'苦难的历程（RoadtoCalvary）'。他们经过黑海向现在的以色列方向前进，这个过程用了数月，不过他们是年轻人而且令人震惊的是，他们居然成功了。随着他们到达低纬度地区，气候变得更温暖，甚至是炎热了。他们在一条河的河畔停了下来，在那里建了一个永久营地——这时蒂娜已经怀孕几个月了，所以他们特意将营地建得更为经久耐用。在秋季，她生了一个儿子，他们给他起名叫拉南。那时，莱维亚也怀孕了，她在一段时间后也生了个儿子，拉宾。

"这些来自希伯拉的人适应了这个有着丰富的猎物、蜂蜜和可食用植物的地方——并在那里建立了他们的族系。过了很长一段时间后,他们结识了一些路过的游牧民,那是他们首次与地球人接触。这群游牧民一共有十人,他们发现娄巴拿恩的女人是他们喜欢的类型之后,想要杀了他并夺走他的一切,包括女人。

"娄巴拿恩仍然有武器,而且,尽管他是一个和平主义者,他还是不得不用它杀死了四个攻击者——其余的人在这种力量面前都吓跑了。

"这些人为他们不得不凭借这种手段而感到十分痛心,同时也从中发现了另一个信号:他们在一个宇宙法则禁止他们存在的星球上。"

"我没明白,"我打断道,"我以为不能向上跳到高级星球,但是可以去低级星球。"

"不,米歇,无论向上还是向下都不行。如果向上,违背了宇宙法则,你会死;如果你向下,你就把自己暴露在一个较差的环境中,因为你高等的灵魂不可以存在于一个物质至上的环境中。

"如果你愿意,我可以给你一个儿童式的比喻。想象一个干净的人,他穿着平整的衣服,一双发亮的鞋子以及白色的短袜。你强迫这个人走过一个覆有三十厘米稀泥的农苑,之后你还坚持让他用手将泥巴捧进一个手推车里。他在做完后会是什么样子自然不言而喻。

"尽管如此,我们的外星人还是建立了自己的族系,成了现在犹太人的祖先。

"后来,文士们追溯到了这些人的历史,在写《圣经》时歪曲了它,将传说和事实混为一谈。

"我可以肯定地告诉你：《圣经》中的亚当，不仅不是地球上的第一个人——远非如此，而且他的名字叫娄巴拿恩；他也没有一个名为夏娃的妻子，而是有两个分别叫莱维亚和蒂娜的妻子。犹太民族就是由这三个人，在没有和其他民族混合的情况下发展起来的。因为根据返祖现象[①]，他们觉得自己是高等的——而且他们的确是。

"然而，我必须向你保证，（最初的）[②]《圣经》不是文士们想象出来的作品——也没有被美化，那里面曾经有相当多的真理。我说'曾经有'是因为《圣经》在罗马天主教的各种会议中被极大地修改了。目的很明确：为基督教的需要服务。这就是为什么我昨天说宗教是地球上的祸根之一。我必须再教导你几个别的关于《圣经》的要点。

"在犹太人到达地球后不久，我们曾帮助过他们几次。我们也惩罚过他们，比如，所多玛和蛾摩拉的毁灭就是由我们的一艘宇宙飞船实施的，这两座城的居民是一个负面榜样，而且他们的行为危害到了与他们接触的人。我们试了各种手段努力让他们回归正轨，但都无济于事，于是不得不无情了。

"每当你在《圣经》中读到：'然后上帝说这或那'时——你应当读'然后海奥华的人们说……'"

"为什么不在一开始就救他们并将他们带回他们的星球，或是另一个同级的星球呢？"

"当然，这是个合理的问题，米歇。不过有一个困难是：我

---

① 编辑注：此处的返祖现象指的是保持/恢复原来的性状，《圣经》中记载的第一代人活到了九百多岁。
② 括号里的话是编辑经作者同意后注释的。

181

们不能预测超过一百年以后的事情。当时，我们想，这么一小群人可能活不下来，即便是活下来了，他们也会与其他种族混合而被外族同化，从而变得'不纯'。我们曾猜测这将发生在一个世纪之内——但事实并非如此。如你所知，即使是现在，这个种族几乎仍然和一万二千年前一样纯。

"就像我告诉你的，通过宗教议会，神职人员们删掉或改动了《圣经》中的许多内容，但还有一些幸免于难并且可以被很好地解释。

"在18章的第（1）节，文士在提到我们的出现时说：'耶和华在幔利橡树那里，向亚伯拉罕显现出来。那时正热，亚伯拉罕坐在帐篷门口。'在这节，文士是在说亚伯拉罕'（2）举目观看，见有三个人在附近站着。他一见，就跑去迎接他们，俯伏在地'。（3）他说：'我主，我若在你眼前蒙恩，求你不要离开你的仆人。'亚伯拉罕请这三个人留下。文士刚刚还称他们为人，然后又称其中的一个为'主'。并且每次在他对他们讲话时，只有那个被称为'主'的回答了他。现在，罗马天主教的神职人员发现这与他们的观点大相径庭，还和许多别的宗教都不同，因为他们会告诉你没人能想象出上帝的面容——否则眼睛会为之瞎掉。从某种意义上讲他们是对的，因为创世者，作为一个纯神灵，是没有脸的！

"从文士的说法来看，亚伯拉罕与上帝的交谈就像他在和地球上的一个高级君王对话一样。然后上帝回答了他，并且上帝还被另外两个'人'陪着——文士没有说'天使'。这难道不奇怪吗？上帝以一个人的形态降临地球，陪同他的，不是天使，却是人？实际上，在这里，以及在《圣经》中的其他若干地方，一些虔信的人很容易发现，上帝从未与任何人说过话。①

"他是不可能这样做的,因为是灵体们渴望到达上帝,而不是上帝凑向他们。不然那将像一条河在倒流——你从未见过一条河从大海逆流到山顶,是不是?

"《圣经》中还有一段,就是刚才提到的那段向后翻两页,也很好笑。在第十九章,第(1)节:'那两个天使到了所多玛。罗德正坐在所多玛城门口,看见他们,就起来迎接,脸伏于地下拜'——之后他请他们去他的房子,然后突然,在第五节,'他们叫罗德并对他说:"进你的房子的那些人在哪儿?"'现在,文士们称他们为'人'。之后,在(10)节,'那二人伸出手来,将罗德拉进屋去,把门关上'。(11)'并且使门外的人,无论老少,眼都昏迷。他们摸来摸去,总寻不着房门。'

"你很容易发现这段缺乏严谨。文士们先在讲两个天使,然后讲两个人,再之后是描述两个人使人们眼睛昏迷。根据《圣经》,制造这样的'神迹'至少需要一个天使!亲爱的,这只是另一个说明现在地球版《圣经》里的混乱的不错例子。那些'人',很简单,就是我们海奥华人。

"就这样,我们指导并帮助着犹太人。因为要是让一个精神进化程度如此高的种族,仅仅由于来到一个不适合他们的星球的意外错误,而沉沦到愚昧和野蛮的状态,实是一件令人惋惜的事情。我们在随后的数个世纪里都帮助过他们,为此,一些文士通

---

① "上帝从未说过话":在目前所能找到的最古老的希伯来版《圣经》中,耶和华是"上帝"的诸多名字之一,其他的所有译本都将它们完全混为一谈,用"天父""主"或"上帝"来代替那些准确的名字。在希伯来版中,显然是耶和华在与人们说话,以人形现身,制造"神迹"——不是上帝、创世者。从本书中所含的信息来看,很显然,上帝就是上帝(伟大的神灵),耶和华=海奥华。以这个细节为前提,整本《圣经》都变得更有意义而且读起来更有趣了。编辑注。

过写报告试图去讲述这些事情，这些报告形成了《圣经》。他们通常是真诚的，有时，他们也会歪曲事实，尽管不是有意的。

"仅有的几次故意篡改，正如说过的那样——是为了一些非常明确的目的，它们是：罗马天主教在公元325年的尼西亚大公会议；公元381年的君士坦丁堡大公会议；公元431年的以弗所大公会议以及公元451年的卡尔西顿大公会议；还有其他数次，但影响要小一些。《圣经》并不是像地球上许多人相信的那样是'上帝之书'；它只不过是一本远古史，经过大幅的修改，还被不同于最初文士的写手增加了许多溢美之词。比如，让我们回到《出埃及记》时期的埃及——这是一个令很多地球人都感兴趣的话题。在我讲更多之前，我将先为你还有其他人还原与之相关的真相。那么，让我们回到埃及，在那里我们发现宇航员的后代已经变成了希伯来人(这个名字源于他们的星球希伯拉)。自从因意外来到你们的星球后，这个种族经历了极大的困难——他们在过去经历了，现在也仍在经历着。

"如你所知，与其他种族相比，犹太人非常聪明，他们有一个十分与众不同的宗教；而且他们不与其他种族通婚。婚姻几乎都是发生在他们种族内部。由于无情的宇宙法则，他们总是在遭受迫害，而且很多都是发生在近代；他们的灵体由此被释放出来，进而可以直接去那些属于它们的，更高级的星球。

"就像你还知道的那样，一群希伯来人曾和雅各的儿子约瑟去了埃及，并在那里建立了一个支系。结果却被埃及人憎恶，而且总是由于同样的不成文的理由：他们的智慧，特别是，他们在面对逆境时的团结精神。我们需要动身了。"

第十一章

基督是谁？

"这发生在法老塞提一世时期，那是一个地球人类都崇尚物质的时代。发生一些绝对违背自然和宇宙法则的事情，也决不罕见。

"我们的使命是在认为有必要时提供帮助。我们决定在这时干预，改变历史的进程。我们得让希伯来人离开埃及，因为他们在埃及人的邪恶统治下不能再像自由人一样进化了。于是我们决定派一个正直能干的人将希伯来人从埃及带回他们之前居住的地方，就是说，他们到达地球不久后的那个定居地。

"在纳希梯星——一个八级星球上，一个叫西奥斯廷的人刚刚死去。他的灵体正等着转世到海奥华，当我们把这个任务交给他，让他在下一世可以成为希伯来人的解救者而非转世为海奥华人时，他同意了，并去了地球成为摩西。

"于是，摩西在埃及出生了，他的父母都是埃及人，他父亲的地位相当于军队里的副中尉。

"摩西生来就不是希伯来人——这不过是《圣经》里的另一个错误。小希伯来婴儿在水中漂流，然后被一个公主救起的故事是很浪漫，但不正确。"

"太遗憾了！我一直都喜欢那个故事。它太美好了——就像个童话一样！"

"米歇，童话的确非常美好，但你必须着眼于事实——而非幻想。答应我，你将只报告事实。"

"当然了，涛，你无须担心——可以说，我将把你的教诲精确到每一个字母，然后牢记于心。"

"我接着讲，摩西生在一个埃及的军人家庭，他的父亲名叫雷泽欧梯斯。在十岁之前，摩西经常和希伯来孩子一同玩耍。他是一个可爱友善的孩子，喜爱他的希伯来母亲们用糖宠他，反过来，她们赢得了他的心，他和他的希伯来朋友们情同手足。这当然是他为什么转世的原因，但你必须知道的是，在他看完面前闪现的摩西的一生，以及，同意去到这一世生活后，所有的细节都从他记忆里抹除了。他穿过了一些纳加人所说的'遗忘之河'——无论一个灵体同意还是拒绝一场可行的转世，这都会发生。当然，这是有原因的。

"比如，如果你记得，在四十岁左右，你会在一场车祸中失去你的妻子和你珍爱的两个孩子，而你自己，也将被限制在一台轮椅上。这样的知识将怂恿你去轻生而非使你直接面对自己的烦恼，或是让你在别的方面有不好的行为。所以'电影'被抹除了，有些好像你'洗掉'一个录音带的录音。

"有时，由于意外，机器没有清除所有信息，于是你能听到一些本该被抹除的简短片段。当然了，在我提到'电影'和'录音带'时，我的类比都是想象出来的，不过我希望它能帮你理解我在解释的事情。现实中，这个过程和电子—光子有关，不过这对于地球上的人来说无关紧要。实际上，在高级自我让灵体看'电影'时，这种现象经常会发生，这就是为什么很多人在他们的一生中有几次会说：'我以前见过它'，或'我以前听过那个'，而且他们知道紧接着的行为或语句会是什么。在法语里，人们将这种感觉称为'似曾相识（déjàvu）'。"

"是的，我很明白你在说什么。我也有过这类经历，其中最奇特的一次是当年我在法属赤道非洲的时候。当时我在部队里，在离基地大约六百公里远的地方进行军事演习。我们正接近乍得边境，并且我和其他士兵站在一辆运兵车的后面，面朝公路。

"突然，我'认出'了这条路，就像我在两周前来过似的。我好像被这条延伸的路催眠了，路的尽头有个九十度弯——我不仅'认出'了路，我还肯定绕过拐弯，我将看到一个小草棚，并且它会被一棵芒果树完全遮住。我越来越确定，一定是这样，然后，当军车拐弯时，那里的确是一个在芒果树下的孤零零的小草棚。之后一切就结束了——别的我都'认'不出来。我吓得脸色发白。

"离我最近的同伴问我怎么了。我给他讲了刚才的事情，他的反应是：'你肯定在小时候来过这里。'我知道我的父母从未来过非洲，但我还是给他们写了信，因为这次经历对我产生的影响的确不小。他们的回复是：'没有，而且你在小时候也从未离开我们去进行任何类似的旅行。'

"所以，我的朋友提示我可能在前世去过那里——他是一个相信转世的人。你对此怎么看？"

"这就是我刚才给你讲过的，米歇。相当长的一段'电影'没有给你抹除，而且我很高兴，因为它很好地阐明了我在给你讲的，关于摩西的事情。

"他想帮助希伯来人，但是，由于他选择了用普通的方式进入那个世界——以一个新生儿的方式，他必须'忘记'未来的人生将是什么样的。

"然而在极少数情况下，比如这里，由于灵体'充满'了如此多来自前世的知识和经验，它在新肉体中学习那些必须学的事情时毫无困难。摩西的另一个有利条件是他被送到了一所拥有大量设施的好学校。他的学业获得了极大成功，并取得了进入更高等科学院校的资格，那所学校是由祭司和埃及专家领导的。当时，埃及人仍然有为很少数精英服务的高等院校，教授着一些在很久前托斯从亚特兰蒂斯带来的知识。就在快毕业时，他目睹了一起在他生命里有着重大意义的事件。

"他对希伯来人一直怀有深厚的感情，所以经常和他们走在一起，尽管他的父亲极力反对他这么做。希伯来人越来越被埃及人所鄙视，所以他的父亲劝摩西不要和这个种族搅在一起。

"然而这一天，他走过一个建筑工地，希伯来人正在埃及士兵的指挥下工作。他从远处看见一个士兵在打一个希伯来人，并且那人倒在了地上。他还没来得及过去阻止，一群希伯来人就冲上去把那个士兵杀死了，接着他们很快将尸体埋在了一处要立一个巨柱的地基里。

"摩西不知道该怎么办，他刚要离开时被几个希伯来人看见了。他们认为他会告发他们，所以恐慌起来，并赶紧散布谣言说是摩西杀死了那名士兵。当他到家时，他的父亲正在等他，并劝他立即到沙漠里去。《圣经》上讲他去米甸，以及他与米甸一个祭司的女儿结婚的故事都是真实的。这些细节我就不再详细描述

188

了。我们想把这些人从邪恶祭司的掌控中解救出来，因为这些祭司让他们遭受苦役，将他们的心灵推入险境。

"早在一百多万年前，我们曾从另一群危险的祭司手中拯救过另一群人。如果你还记得，就会发现，有趣的是它几乎是在同一地点。你发现历史是如何永不停歇地周而复始了吗？

"《圣经》里对摩西领希伯来人出埃及的描述很多都是正确的——但在继续讲之前，我必须纠正一些错误，因为我们知道地球上有许多人都对这著名的《出埃及记》有非常浓厚的兴趣。

"首先，当时的法老是继承了塞提一世的拉美西斯二世；其次，希伯来人有三十七万五千人，并且当他们到达芦苇海（the Sea of Reeds），而不是红海（the Red Sea）时，我们的三艘飞船使用力场打开了十分浅的海水。我们将海水重新闭合，不过没有一个埃及士兵溺死——仅仅是因为他们没有跟着希伯来人下水罢了。法老，尽管承受着来自祭司们的巨大压力，还是没有食言，并让希伯来人离开了。

"每天分发的吗哪来自我们的飞船。我得给你讲一下，吗哪不止像你知道的那样非常有营养，而且还极易压缩；这是为什么许多宇宙飞船都携带它的原因。然而，如果让吗哪暴露在空气中的时间过长，它会变软并在十八小时内腐坏。

"这就是为什么我们建议希伯来人只拿他们每天所需的量，并且那些多拿的人很快就发现他们犯了一个错误，他们本该听从'主神'的劝告，那个主神其实就是我们。

"希伯来人并没有用四十年才到迦南，而是只用了三年半。最后，西奈山的故事几乎全是事实。

"我们降落在山上为的是不被人们看见。在当时，最好让这些单纯的人们去相信一个上帝，而非观察和帮助他们的外星人。

"这些就是有关希伯来人的介绍，米歇，但它还没有结束。在我们眼里，他们是唯一遵循正确方向——就是说，灵性方向的人。在他们中，以及后来在他们那些伟大的祭司中，有些人传说一个弥赛亚要来拯救他们。他们本不应告诉人们这个的，因为他们只报告了我们和摩西在西奈山上对话的一部分。自那以后，希伯来人就一直在等待着弥赛亚的到来——然而，他已经来过了。

"我们再到下一个阶段。希伯来人回到他们最初定居的地方，组织得更加完善。他们建立了一个因伟大的王室立法者而知名的文明，比如所罗门和大卫，暂且只说这两个名字吧。

"我们注意到，这些人在所罗门死后就朝无政府状态发展，并自甘被邪恶的祭司们影响。亚历山大大帝侵入了埃及，但最终，没有对这个世界做出一点建设性贡献。罗马人步他的后尘，建立了一个更多是朝着物质主义而非灵性方向发展的大帝国。

"像罗马人这样强大的民族，在他们那个时代拥有先进的技术——当然，这是相对而言。但是他们带来的几个神和教义——就足以制造心灵困惑了，所以自然不足以将人们引向宇宙真理。

"这次，我们决定去帮一个大忙①。我们没有选择像罗马那样的精神贫瘠之地，而是选了以色列，因为我们认为希伯来人是非常智慧的，他们有着精神高度先进的祖先。我们觉得他们适合去传播宇宙真理。

"圣贤长老们（涛拉）一致选择了希伯来人。在地球上，他们被称为'上帝的选民'，这称呼再合适不过了——他们的确是

---

① 原文是 give a 'big hand'，give a hand 在英语中有帮助的意思，此处是意译，所以去掉了"大忙"的引号。

'被拣选出来的'。

"我们的计划是先派一个和平的信使去吸引民众的注意。你所知道的,处女玛利亚生下耶稣的故事,是相当真实的。在天使报喜的那个故事里,天使出现的每一个细节也都是正确的。我们派了一艘飞船,然后我们的一个人出现在那个处女面前,她的确是个处女,告诉她她就要怀孕了。在被催眠的状态下,我们将胚胎植入了她的体内。

"我发现,米歇,你在相信我刚才所说的话时有很大困难。永远不要忘了我们有知识(The knowledge),你看到的不及我们能做到的十分之一。仔细注意,我会给你几个例子来帮你理解接下来我要告诉你的事情。"

涛停止了讲话,看起来像在专注。我眼睁睁地看着她的脸变模糊了,本能地,我揉了揉眼睛。自然,这无济于事。实际上,她在渐渐变得透明,直到我能直接看穿她。最终,她不在那儿了——她完全消失了。

"涛!"我叫道,有些不安,"你在哪儿?"

"这里,米歇。"

我跳了起来,因为那声音就像耳语一样,离我耳朵很近。"可是我完全看不见你!"

"现在,是这样的——但是你将再看到我。看!"

"我的天啊,你怎么了?"

我看见涛的轮廓出现在面前几尺远的地方,她全身是金色的,而且还发着光,就像她体内燃着一团火似的,那"火"的火焰不大,却很强烈。至于她的脸,可以认出是她,不过每当她说话时,她的眼睛看起来都会放射出一些光芒。

她开始升到离地数尺高的地方，没动用"身上"的一块肌肉；接着，她开始绕着屋子转圈，她的速度太快了，连我的眼睛都很难跟上她。

终于，她在她座位上方停下，然后以幽灵形态坐了下来。她就像是由一团发光的雾组成的——我仍然可以认出那是涛，但她相当透明。下一瞬她不见了，我四下张望，但她彻底消失了。

"别找了，米歇，我回来了。"确实，她在那儿，又一次有血有肉地，坐在她的椅子上。

"你是怎么做到的？"

"就像我刚才给你讲过的，我们有知识。我们可以起死回生，治愈聋瞎，使瘫痪的人重新行走，我们可以治好你能说出的任何疾病。我们是大师，不是操纵自然的大师，而是存在于自然中的大师，我们能做所有事情中最难的——我们可以自然地制造生命。通过释放宇宙射线，我们可以创造任何一种生物，包括人类。"

"你是说你们精通了'试管婴儿'技术？"

"完全不是，米歇，你在像一个地球人一样思考。我们可以创造一个人体，不过那只有圣贤长老（涛拉）花费极大的精力才能做到。因为人体中必须存在好几个命体，就像你知道的——肉体、灵体等，否则它将只是个机器人。所以完成这项工作需要完美的知识。"

"那么，你们创造一个婴儿需要多久？"

"你还没有完全理解我的话，米歇。我在这里说的不是一个婴儿，而是一个成年人。一个二十或三十岁的人可以被长老（涛拉）在大约二十四地球小时里创造出来。"

如你所料，我完全被她揭示给我的事情惊呆了。我曾乘一艘速度数倍于光速的宇宙飞船飞行并来到了离家无数亿公里外的地方；我见过外星人，试过灵体旅行——穿越时光目睹了数千年前曾发生过的事；我现在可以看见辉光并理解我以前从未听过的语言；我甚至还曾简短地参观过地球的平行世界。凭借他们给我的那些讲解，我以为我已经知道了作为一个地球人该知道的——关于这些人以及他们的能力。现在——我就像被告知之前向我展示的不过是九牛一毛。我的主人们可以在二十四小时里创造出一个活生生的人！

涛看着我，就像在读一本打开的书一样读着我的心思。

"米歇，既然你跟上了我的思路，我就要结束这将使你的许多同胞感兴趣的故事了，《圣经》在这里还有一点歪曲。

"所以，我们的'天使'植入了一个胚胎，于是玛利亚，一个处女，发现自己怀孕了。通过这么做，我们希望去吸引人们的注意力并强调耶稣的降临是一件真正非同寻常的事。孩子出生时，我们以我刚才展示给你的状态出现在牧羊人面前。我们没有派三位著名的'智者'——他们是一段被嫁接到真实事件中的传说。然而，我们的确引导牧羊人以及一群人走向耶稣的出生地，同时还派出了我们的一个工具球并让它发光。由此创造了最佳效果：这个小球就真的像伯利恒上空的一颗星。现在，如果我们做这样的事情，人们将喊道'UFO'！

"最终，祭司以及那些被祭司叫作'先知'的人得知了这场诞生。鉴于那颗星星及'天使'的出现，先知向人们宣布，弥赛亚诞生了，称他为犹太人的王。

"然而，和大多数当权者一样，希律王到处都有暗探。当他们把这些不同寻常的事件向他报告后，他觉得这一切都很费解，并开始害怕起来。在那些年代，人民的生命对他们的当权者来说算不了什么，所以希律王毫不犹豫地下令处死那个地区的二千六百零六名婴儿。

"在这场杀戮发生时，我们把处在催眠状态下的玛利亚、约瑟、婴儿耶稣，以及两头驴转移到了我们的飞船，然后将他们放在了一个离埃及很近的地方。你发现事实是怎么被歪曲的了吗？

"现在，还有另一些被认真报告的情节，然而由于信息的缺乏，它们并不准确。让我来讲一下，婴儿耶稣，出生于伯利恒；通过他出生时的神迹，证明——他十分特殊，而且实际上，是弥赛亚。这样，我们就吸引了人们的注意，但是当一个婴儿出生时，他的灵体不能'全部知道'它之前的知识，这和摩西的情况一样，虽然他是一个伟大的人。

"我们需要一名使者，他能使人们相信——通过灵体转世，在今生之后还有来世，等等。这类知识已经不再被人们普遍接受了，因为地球上的文明在亚特兰蒂斯消失后变得越来越堕落了。

"你知道，当你想解释一些非物质事实时，就算是面对你最亲密的朋友，你也会遭到质疑。人们寻找实物证据，并且，如果他们没有亲眼看到它，他们就不会相信。

"为了传递我们的信息，我们需要一个举止非凡的人——一个像来自'天堂'，行为像'神迹'的人。这样的一个人将会被信任，并且他的教诲将会有人听。

"就像你知道的那样，当一个灵体转世为婴儿时，要穿过'遗忘之河'，然后他以前的物质知识都会被抹除。所以，这个生于伯利恒的孩子将不能施展'神迹'，即便是他活上一百岁也不行。可是他是一个境界高人，像摩西一样。这一点在他十二岁时就得到了证明,他使圣殿的神职人员们感到震惊,就像现在在地球上那些很年轻就被称为天才的人一样——仿佛他们早已成竹在胸。耶稣是一个体内有着高度进化的灵体的人,然而,即使他曾在地球上很先进的学校里学习——比如,纳加人的学校,他也永远不可能获得起死回生或治疗疾病的知识。

"我知道,地球上有些人认为,从十二岁起,到他返回犹大的这段时间里,耶稣曾在印度和西藏的寺院里学习过。他们是这样尝试解释《圣经》中耶稣直接从伯利恒消失后的空白时期的。

"十四岁时,'他离开了他的父母'家,在他十二岁的弟弟奥恩奇的陪伴下游历了缅甸、印度、中国和日本。他弟弟一路上都跟着他,直到在中国意外丢掉了性命。耶稣留下一撮奥恩奇的头发带在身边,因为他十分爱他。

"耶稣到日本时已经五十多岁了,他在那里结了婚并有了三个女儿。最后,他死在了日本一个叫新乡村的村子里,他在那里生活了四十五年。他被埋葬在新乡村,它在日本的主岛——本州岛。他的墓旁还有另一个墓,里面有一个装着奥恩奇一撮头发的小盒子。

"你那些爱找证据的同胞们可以去新乡村,它的正式名字叫希尔来(Heral),在青森县①。

"不过,还是回到我们当时的具体任务中吧……唯一可以被我们派往地球的使者必须得是我们中的一个人。那个死在耶路撒冷十字架上的'基督'的名字叫阿瑞奥克。在自愿改变他的肉体

---

① 编辑注:关于青森证据的解释很长,被发在了网站上:http://www.thiaoouba.com/tomb.htm

195

后,他被我们带到了犹大的沙漠。由此,他抛弃了他在海奥华上用了很长一段时间的两性身体,接受了由我们的圣贤长老(涛拉)为他创造的基督的身体。这样,他就完整地保留了在海奥华上所拥有的知识。"

"为什么他不能留在他的身体里然后直接缩小尺寸呢?就像拉涛利和毕阿斯特拉曾经给我展示过的那样,难道他不能在一个'缩小的'身体里待太长时间吗?"

"那会导致另一个问题,米歇。他必须在各个方面都像一个地球人。并且,由于我们是两性人,我们不能冒着让希伯来人注意到这个来自上帝的使者有一半是女人的风险。

"我们能随意再生肉体,所以你在海奥华上没见过几个孩子。我们也能创造一个人体,就像我刚给你解释过的那样,还能缩小它的尺寸。别那么看我,米歇,我知道让你消化这一切并相信我告诉你的话有困难,但我们向你展示过的那些事已足以让你知道我们能精通很多自然现象了。

"来自海奥华的耶稣,被我们带到了沙漠,之后的事情你就都知道了。他知道他将遇到无数困难,还有他会被钉死在十字架上。他知道全部,因为在他的灵体还在肉体中时,他曾和我们一同'预览'了他的一生。

"他记得,就像你会记得,而且是会永远记得你去姆大陆的旅程以及你前世的那些掠影。

"那些景象,我再讲一下,由灵体在肉体中看到的景象,并不像灵体和它的高级自我在一起时看到的那样被抹掉。因而,他知道全部并确切地知道该做什么。自然,他有能力起死回生,治疗聋瞎;并且,当他被钉死在十字架上时,我们将他带走并复活了他。我们掀开坟墓上的石头，迅速将他带到我们停在附近的飞船；然后在那里，复活了他。在时机合适时，他又一次出现，由此证明了他的永生，并向人们表明，在死亡之后，确实会有下一次生命。在他的劝导下，人们重燃希望，相信自己真的属于造物主，而且每个人都拥有一丝他的神性。"

"就是说，他展示的所有神迹都是为了证明他的布道是真的？"

"是啊，因为如果他不能证明自己，希伯来人和罗马人就永远不可能相信他。有一个很好的例子能说明地球人疑心有多重，它和都灵裹尸布有关。尽管无数人都相信耶稣的到来，并且或多或少地信奉基督教，但他们仍然渴望听到专家们的调查结果：那到底是不是基督'死'后的裹尸布，你现在知道这个的答案了。然而，人们寻找证据，更多的证据，更多更多的证据，就因为他们心中仍有疑虑。释迦牟尼佛陀，一个地球人，通过他自己的学习获得了他的体悟，从来都不像你们的人那样，说'我相信'，而是'我知道'。信仰永远都不是完满的，而知识却是。

"当你回到地球讲述你的故事时，你会被问到的第一件事情就是证据。如果我们真的给了你，比如，一块并不存在于地球上的金属。那么在那些分析它的专家中，一定会有那么一个人，坚持要你证明那块金属不是由你认识的一个聪明的炼金术士制造的——或一些类似的事。"

"你会给我一些东西当证据吗？"

"米歇，不要让我失望。你将不会有任何物质证据，原因就是我刚才概述过的——一点用也没有。

"跟知识相比，信仰一文不值。释迦牟尼佛陀是'知道'的，并且当你返回地球后，你也能说，'我知道'。

"有一个著名的故事是关于怀疑一切的人的,多疑的托马斯想触摸基督的伤口,因为,亲眼见到伤口并不足以使他信服。可是,当他摸到了伤口,他还是有疑心,他怀疑那是某种魔术伎俩。米歇,在你们的星球上,你们一点也不了解自然,而且,一旦发生一些稍微超出你们理解的事情,每个人都会说它是魔术。悬浮=魔术,隐身=魔术——然而我们只是在运用自然法则。相反地,你应该说,悬浮=知识;隐身=知识。

"所以,基督被送到地球上去散播博爱和心灵精神修养的布道。他不得已要和那些心灵进化程度不高的人辩论,只用比喻对他们讲话。当他掀翻圣殿里商人的桌子时,那是他第一次,也是仅有的一次愤怒,他在公然表示对金钱的抵制。

"他的使命是去传授爱和上帝的信息——'彼此相爱',以及教导人们有关灵体轮回和永生的知识。这一切都在后来被神职人员们歪曲了;然后,无数的分歧导致了许多教派的出现,每派都宣称要去遵循基督的教义。

"在你们的《圣经》中有一段话:'骆驼穿过针的眼,比财主进神的国还容易呢。'梵蒂冈无疑是你们星球上最富有的教会,然而神职人员们还在哭穷。他们不怕被定罪(虽然他们相信有天谴),因为他们说是教会有钱,而非他们。这真是文字游戏,因为教会就是他们组成的。这好比一个亿万富翁的儿子声称他不富有——富有的只是他父亲。

"教会并没有歪曲《圣经》中有关财富的章节。他们利用它为自己谋利——难道让富人变得穷一些而使教会变得富一些不是更好吗?

"地球上的年轻一代正在自省的过程中。许多事情将他们引向了如今所处的这个分岔路口,我知道他们感到孤独,这种孤独感比他们之前的任何一代年轻人都要强烈。加入教派或宗教组织并不能使他们摆脱孤独。

"首先,如果你想'提升'你自己,你必须冥想,然后专注;这两者虽然常常被混淆,但却是不同的。你不需要去一个特别的地方,因为一个人最宏伟而且最美好的殿堂是他自己的内心。通过在那里专注,他可以和他的高级自我进行交流,请他的高级自我帮他克服他在尘世的、物质方面的困难。但有些人需要和其他一些像他们一样的人交流,所以他们可以为此相聚。他们中那些更有经验的人,将可以去提供建议,但任何人在任何时候不得以'大师'自居。

"大师在二千年前来过——或者,我应该说'大师之一',但人们将他钉死在十字架上。然而,在大约三百地球年的时间里,人们遵循了他带来的信息;在那之后,它就被歪曲了。

"我刚说到的年轻一代,正在你们星球上成长,并且正在一点一点地意识到我一直以来所讲的许多事情的真实性,但他们必须学会向自己的内心寻找答案。他们不应等待来自别处的帮助,否则,他们必将失望。"

第十二章

不寻常的旅行

涛讲完后,我可以清楚地看到她的辉光变暗了。外面,雨已经停了,阳光照在大朵大朵的白云上,将它们染成蓝色和粉色。树木的枝杈在微风中轻摇,看起来焕然一新,无数的缤纷色彩在树叶上的水滴间舞动。鸟儿甜美的歌声混合着昆虫与光线制造出的柔和乐声,欢迎着太阳的重新出现。那是我迄今为止所遇到的最神奇的时刻,我俩谁也不想说话,任由我们的灵魂沉浸在四周的美丽中。

一阵笑声和欢快的说话声将我们从宁静中唤醒。转头一看,原来是毕阿斯特拉、拉涛利和拉梯欧努斯来了,每个人都在用自己的塔拉飞着。

她们在都扣正前方着地,停止了说话,径直走了进来,脸上绽满笑容。我们起身迎接,并互相以海奥华语问好。我仍然能理解她们说的一切,尽管我不能讲这种语言,但这看起来并不要紧,因为我说得很少。而且,如果我在任何情况下讲法语——她们中那些听不懂我的话的人,也可以靠心灵感应明白我的意思。

在用含蜜饮料补充过营养后,每个人都准备好了再次动身。

我戴上我的面罩，和她们一起来到外面。在那里，拉涛利走过来然后在我腰上系了一个塔拉，接着，她将一个利梯欧拉克放到我的右手中。一想到自己将能像鸟儿一样飞翔，我就兴奋不已。自从我登上这个星球的第一天并看到人们用这种方式飞行时，我就梦想过自己也能这样，但是，在这么短的时间内发生了这么多事情，我得说我都不敢奢望还能有这种机会。

"拉涛利，"我问道，"为什么在几乎每个人都能悬浮的情况下，你们还要用塔拉和利梯欧拉克飞呢？"

"悬浮术需要极大的专注和十分巨大的能量消耗，米歇，即便是我们，也只能以每小时七公里的速度移动。它会在某些心灵练习时被使用，但并不是一种理想的出行方式。这些装置基于和悬浮术一样的原理，就是中和星球上，我们称为'冷磁力'的力。它和你所谓的'重力'就是将所有人都保持在地面上的力一样。

"人跟石头一样，是由物质组成的；不过，通过增加某种高频振动来中和冷磁力，我们就变得'失重'了。之后，为了移动以及控制移动，我们引入了一种不同频率的振动，像你能看到的那样，这个装置能使我们非常轻易地做到这些。姆大陆、亚特兰蒂斯以及埃及的金字塔建造者们都曾使用过同样的原理。涛已经给你讲过这些了，而现在你可以自己体验一下抗引力的感觉。"

"用这些装置可以达到多高的速度？"

"你用的这个特殊型号的时速可以达到约三百公里，而且是在你选择的任意高度上。不过现在该走了——其他人正等着呢。"

"你觉得我能用好它吗？"

"当然，我会教你怎么用的；开始时你必须小心谨慎，如果你不严格按我指令去做，可能会出现严重事故。"

201

每个人都在看着我，然而，似乎拉梯欧努斯对我的紧张表现最感有趣。我将我的利梯欧拉克紧紧地握在手中，把安全带系在我的小臂上。这样即使我松了手，它也会和我在一起。

我嗓子发干，说实话，我真没有多大信心。拉涛利过来用一只胳膊搂住我的腰，向我保证她在我熟悉这装置之前她都不会松开我。

她还解释说，我无须在意系在腰上的塔拉，但要把利梯欧拉克握紧。首先，需要非常用力地拉一个大按钮来启动装置——有点像在汽车里拧启动钥匙。一个小灯亮起示意启动就绪。利梯欧拉克的样子更像个梨，拿着的时候大头朝下；它的顶端有个蘑菇形的"帽子"，那无疑是为了避免手指打滑；手需要握在环绕着这"梨"的"项圈"上。

拉涛利讲，这个利梯欧拉克是专门为我设计的，由于我的手只有她们的一半大，我无法使用标准型号，而且"梨"的尺寸正好适合使用者的手也是非常重要的。它感觉有点软，像是用橡胶做的，里面装满了水。

收到指令后，我握紧了利梯欧拉克，我一下子用力过猛，以至于在我们升到空中前，拉涛利差点没能搂住我。

我俩一下子就蹿到了三米高的地方。其他人都在我们的周围，静止在空中离地约两米高的位置，她们看拉涛利被我吓了一跳，不禁笑出声来。

"小心，"涛对她说，"米歇执行力很强的，如果你在他手里放个装置，他会立刻就用它的！"

"如果你像刚才那样，用一种平稳、均匀的力，你会垂直上升。如果拇指用力稍微大一些，你会右转；而当另四指用力稍大一些时，你会向左转。如果你想下降，你可以松力；或者，为了降得更快一些，你可以用左手压它的底部。"

拉涛利一边讲解一边让我练习各种移动，当上升到大约五十米的高度时，我们听到涛的声音："做得好，米歇。现在你应该让他自己做了，拉涛利，他知道该怎么办了。"

我更希望她保留这个看法，因为我一点也不认同，我感觉自己在拉涛利"翅膀"的庇护下更有信心——我不是在开玩笑！然而，她真的松开了我，不过还停在我近处的同一高度上。

我松了一下，利梯欧拉克停止了上升；松的力更多一些，我开始下降；放心后，我均匀地压了一下"项圈"周围并立刻像一支箭一样射了上去——太远了，以至于我的手指都僵住了；于是我就在持续地升高。

"放松你的手，米歇，放松你的手！"拉涛利喊道，一眨眼就到了我身边。

哦！我停下了——或者说基本停下了，在海洋上空大约二百米的高度上。因为我"僵硬"的大拇指下意识地用力更大了一些。其他人飞到二百米高处和我们会合，我脸上一定带着一个奇怪的表情，因为连拉梯欧努斯都大笑了起来，那还是我头一次见她那样。

"轻点儿，米歇，这装置在接触时非常灵敏。我想我们现在可以继续上路了，我们给你带路。"

她们慢慢地飞开了，拉涛利留在我身边。我们保持在同一高度。通过用我的手掌压利梯欧拉克，我可以平稳地前进，并且我很快注意到，只要调节这个压力，我可以随意加速。手指的力度可以调节高度和方向。

我仍会有一些出乎意料的转向，特别是有一次，当三个外表威仪的人穿过我们的路线时,我的注意力被分散了。在交错时,她们瞥了我一眼,显然对看到我感到十分吃惊。

过了一段时间,我估计大约是半小时,我开始熟悉这个装置了——至少是足以成功地在海面上飞行了。一路上畅通无阻,我们逐渐加速,我甚至可以和我身边的同伴们结对飞行而没有太频繁地掉队。

这太令人兴奋了——我之前永远不可能想象出这样一种感觉。由于这个装置在我周围制造出的力场使我没有重量,我并没有像在热气球中的那种悬空感,也没有那种被翅膀带着飞的感觉。不仅如此,由于完全被力场包围着,我甚至不能感觉有风吹在脸上。我有种和环境牢牢融为一体的感觉,而且我越用这个装置,我从这种新移动方式中所获得的乐趣就越多。我想试试我的控制能力,于是我稍微下降——只是想再升上来。我做了几次这种比她们高些或低些的飞行,最后,我飞到涛附近,用心灵感应传达了我极大的喜悦并告诉她我想贴着下方一望无际的海水飞。

她同意了,于是一群人都随我来到了海面上。

以每小时约一百公里的速度掠过浪尖的感觉真是绝妙至极,就像我们都是无所不能的神仙,重力的征服者。水中时不时地泛出银色的闪光,表明我们正在飞过成群的鱼儿。

在兴奋中,我忘记了时间,不过那次行程好像用了三卡斯。

不论转头朝向哪,我能看到的就只有天际线。正飞着,突然,涛心灵感应道:"看那边,米歇。"在很远处的海面上,我可以辨认出一个迅速增大的小点,那是一个由许多山组成的大岛屿。

我们很快就能看清蓝黑色的巨石了,它们矗立在蓝绿色的海水中。通过提升高度,我们可以鸟瞰全岛。那上面没有海滩,巨大的黑色岩石阻止了从海上登陆的渠道。海浪撞击在这些雄伟岩石的底部，在阳光的照射下变成了彩虹的颜色，反射出的闪烁色彩与玄武岩均匀的黑色形成了鲜明对比。

从面向岛内山坡的中部往下，生长着由巨树组成的森林。它们的树冠是奇怪的深蓝和金色，树干是血红色。这些树覆盖在陡峭的斜坡上，一直延伸到一个祖母绿色湖泊的边缘。湖面的一些地方被几缕金雾笼罩着。

我们可以在湖中央看见一个巨大的都扣，它就像漂在了水面上，尖端朝上。我之后得知它直径大约五百六十米。

然而，它那超常的尺寸还不是它唯一的特别之处，它的颜色也与众不同。此前我在海奥华上见过的所有都扣都是白色的——即使是在九都扣城的也一样。然而，这个看起来却像是由纯金做成的。它在阳光下闪着光，尽管它的外形是非常普通的蛋形，但它的颜色和尺寸却使它显得宏伟庄严。此外，还有一件使我极其惊讶的事情：湖水中没有这都扣的倒影。

我的同伴们领我朝这金都扣的圆顶飞去。我们在水面上缓缓地飞着，而且从这个角度看，它甚至更壮观了。和其他都扣不同的是，这个都扣没有任何入口标识。我跟着涛和拉涛利，她俩一下就消失在里面。

另两个人在我身边，每人架住我一条胳膊使我不会掉进水里。因为，在惊讶中，我松开了本来抓住利梯欧拉克的手，我被眼前所见到的景象彻底惊呆了。

这是我在都扣里看到的：

大约二百人飘浮在空中，没有用任何辅助装置。这些身体好像是在睡觉或处在深度冥想中。离我们最近的一个人飘浮在离水面大约六米高的地方,因为都扣里面并没有地板,"蛋"的底部实际上是在水下。正如我之前说过的,一旦进到一个都扣里,你可以看到外面,就像你和外界之间什么也没有似的。所以,在这种情况下,背景里的湖、山冈和森林全部展现在我的眼前;在这"风景"中间靠近我的地方,漂浮着两百多具身体。你一定可以想象,这场面非常震撼。

同伴们静静地看着我,并没有像在其他时候那样因我的纳闷而笑起来,她们保持着严肃的表情。

我更仔细地观察了一下这些身体,并开始注意到他们普遍要比我的主人们小,而且有些有着十分不同寻常的——有时是怪物样的——体形。

"他们在干什么?他们在冥想吗?"我低声问在我身边的涛。

"拿好你的利梯欧拉克,米歇。它就挂在你的胳膊上。"

我照做了,然后她回答了我的问题:"他们都死了,这些都是尸体。"

"死了?什么时候死的?他们都是一起死的吗?发生过一场事故吗?"

"其中一些已经在这里几千年了,至于最近的,我想,放到这里也已经有六十多年。我认为,以你现在这种吃惊的状态,你将不能有效地操控你的利梯欧拉克,我和拉涛利会领着你。"她们每人架住我一条胳膊,然后我们开始在这些尸体间游荡。他们全是裸体,无一例外。

在他们中间,我看见一个男人以莲花式姿势坐着。他有着一头赤黄色的长发,站起来应该有两米高,皮肤呈金色;他的体貌特征对于一个男性来讲显然是不错的——并且他,的确,是个男人而非两性人。

稍远处躺着一个女人,她的皮肤粗糙得像条蛇,也可以说像树皮。她看起来很年轻,尽管她奇异的体貌使我难以判断她的年龄。她的皮肤是橙色的,而卷曲的短发是绿色的。

不过,最令我惊讶的是她的乳房。它们非常大,不过每个上面都有两个乳头,彼此间距大约是十厘米。她的身高应该接近一米八,大腿瘦且肌肉发达,小腿很短。她的每只脚上都有三根巨大的脚趾,但手却和我们的完全一样。

我们从一处走到另一处,走走停停——就像穿梭在博物馆的蜡像人中间。

这些人的眼睛和嘴全都闭着,他们悬浮的姿势只有两个——或是用莲花式的禅定姿势;或是后背朝下躺着,双臂放在两旁。

"他们是从哪里来的?"我低声问道。

"各种星球上。"

我们在一个男人的尸体前停留了一段时间,显然,他在他"生命"的壮年。他有着长而卷曲的亮栗色头发;手脚和我的一样;他的皮肤是一种熟悉的肤色——一种来自地球人的肤色。他身高大约有一米八,面部光滑,有着高贵的容貌,下巴上有一撮柔软的山羊胡。

我转向涛,她的眼睛正盯着我。"人们会说他来自地球。"我说。

"从某种意义上说,他是;但从另一个角度讲,他不是。你听过关于他的故事,应该很了解他。"

我感到很好奇,于是靠得更近了一些去研究他的脸,直到涛用心灵感应说道:"看看他的手和脚,以及他的肋部。"

涛和拉涛利将我带到离尸体更近的地方，使我可以清楚地看到在他脚上和手腕①上的伤痕，他的肋部有一道很深的伤口，大约二十厘米。

"他怎么了？"

"他被钉死在十字架上，米歇，这就是我们今早谈过的基督的身体。"

幸好，我的主人们已经预料到了我的反应并一直用胳膊架着我，我确信在那时我不可能操控我的利梯欧拉克。我在那儿——凝视着基督的身体，他被那么多地球上的人们崇拜和谈论——在过去两千年里引起了那么多争议，成了那么多研究的主题。

我伸手想去摸这身体，但被同伴们阻止了，她们把我架走。

"你的名字不叫托马斯，为什么你一定要摸他？你的心中还有疑问吗？"涛说道。"你瞧，你证实了我今早说过的话——你在寻找证据。"

我为自己刚才的举动羞得无地自容，涛对我的懊悔表示理解。

"我知道米歇，那是本能的，我可以理解。在任何情况下，你都不能摸这些尸体——没人可以，除了那七位长老（涛拉）中的一位。事实上，是长老们（涛拉）将这些尸体安置在了一种保存以及悬浮的状态中，就像你看到的这些；而且他们每人都能这样做。"

"这些正是他们在活着的时候的肉体吗？"

---

① 编辑注：宗教画像和雕塑在描写钉死在十字架上的基督时，钉子是穿过手掌钉在十字架上的。然而，根据人体解剖学，手掌骨骼之间的软组织的强度不足以支持人体在十字架上的重量。钉子会直接从指间滑脱。相反，穿过腕部的钉子可以揳入骨骼间，从而提供更强的支撑力。

"当然。"

"可他们是怎么保存的呢？这里有多少尸体？他们为什么在这儿？"

"你记不记得，当我们将你从你们的星球上带走时，我告诉过你，你问的有些问题是不会得到我们的解答的。我当时解释说，你将和我们学习所有你需要知道的；但有些事情仍将是个'谜'，因为你一定不能写下某些核心问题。你刚刚问的问题就因为这个重要的原因而不能被回答，不过，我可以告诉你这个都扣里有一百四十七具尸体。"

我知道，就此再问是没有用的；但当我们在尸体间漫游时，我问了另外几个让我很感兴趣的问题：

"你们有摩西的身体吗？还有为什么它们都在这个没有地板的都扣中悬浮着？"

"我们只有基督的尸体是来自你们星球的。它们悬浮着是为了能被很好地保存，这湖水特有的性质也有助于保存尸体。"

"其他的那些人是谁？"

"他们来自各种星球，在那里他们每个人都曾扮演过一个十分重要的角色。"

其中有一个尸体我记得很清楚。他大约五十厘米高，而且除了深黄色的皮肤和没有眼睛之外，样子很像一个地球人。代替眼睛的是他前额中央的一种角。我问他怎么能看东西，她告诉我在那突起的末端有两只复眼，就像苍蝇的眼睛一样。我可以看见那闭着的眼皮上有几道裂缝。

"自然界真是无奇不有。"我小声说道。

"就像我说过的那样，你在这儿看到的每一具尸体都来自不同的星球，他们必须生存的环境决定了其居民的物理身体细节。"

"我看不到有谁像阿尔基。"

"而且你永远也看不到。"

不知道为什么，但我"感觉"我不应再继续深入这个话题了。

在这次以死亡为主题的参观中，我看到了像北美红印第安人的尸体，但那不是；我看到另一些像非洲黑人的尸体，但那也不是；我看到一具悬浮在空中的日本人尸体，但实际也不是。正如涛说过的，基督的尸体是这里唯一一个，如果可以这么说的话，来自地球的。

在这非凡而又迷人的地方待了若干时间后，我的向导们领我来到了外面。一阵轻柔、芬芳同时带着森林气息的微风拂面而来，我顿时感觉好多了。虽然这次参观相当有趣，但参观之后我还是感觉十分疲惫。自然，涛完全意识到了，于是她以一种活泼的语气说道："准备好了吗？米歇，我们要回家了。"

这些有意用法语和地道的"地球腔"讲出来的话，比那傍晚的微风还要让我感觉好一些。我握住我的利梯欧拉克，和其他人一同升到空中。

我们飞越那沿着多石的山坡绵延而上的巨大森林。到了山顶，我们可以，再一次，欣赏眼前一望无际的大海了。在这个以死亡为主题的下午的对照下，我发现这个星球更美丽了。我记得我又一次在恍惚间，感到这一切可能都是一场梦或一个幻觉，要么——可能是我的思维错乱了？

不过像往常一样，涛保持着警惕并用一个尖锐的命令进行了干预，那心灵感应就像鞭子"啪"的一声回响在我的脑海中，打消了我模糊的疑虑。"米歇，如果你不压你的利梯欧拉克，你就要掉下去洗澡了。而且,如果不抓紧时间,夜晚会将我们吞没,那样你会有点不方便,你觉得呢?"

的确,在失神中,我已经降了下去并几乎要碰到海浪。我紧紧地握住我的利梯欧拉克并像支箭一样蹿了上去,赶上了涛和在高空中的其他同伴。

太阳已经很低了,天空十分晴朗。大海变成了一种橘黄色,这使我感到惊讶,因为我从未想过海水可以呈现出这样一种色调。用心灵感应询问后,她们给我的讲解是:有时,在一天的这个时候,大片的橙色浮游生物会上浮到海面,海水之所以看起来是这个样子,是因为里面包含着数量巨大的浮游生物。这是一个多么壮丽的景色啊:蓝绿色的天空,橘黄色的大海,一切都被金色的光笼罩着,而在这个星球上,金色的光芒似乎无处不在。

突然间,我的同伴们升高了高度,我赶紧跟上了她们。我们在离海面约一千米的高度朝着我们来的方向——我猜是北方——提速到了每小时约三百公里。

朝着日落的方向看去,我可以在海面上看见一条宽广的黑带。我都不用问——讲解很快就来了。

"这是努柔卡,我们的大陆之一,它像整个亚洲一样大。"

"我们要去参观它吗?"我问道。

涛没有回复,这使我感到很惊讶。这是她第一次无视我的问题,我想可能是我的心灵感应能量不足了,于是我又用法语问了一遍这个问题,并在这么做的时候提高了我的声音。

"看那边。"她说道。

我转过头,看到一大群真正的鸟儿正要穿过我们的路线,它们有着各种颜色。由于害怕和它们相撞,我下降了几百米。它们

211

以一种不可思议的速度从我附近掠过——但这是由于它们的速度太快了，还是我们的速度太快？我想可能是由于双方的叠加速度才使它们消失得那么快吧，但，就在这时，一件事使我大为吃惊。

向上方一看，我发现涛和其他人并没有改变她们的高度。她们是怎么做到没与那群带着翅膀的编队相撞呢？我瞥了一眼涛，意识到她已经知道了我的想法——我突然想到那群鸟出现得正合时宜——就在我提问时。

凭我对涛的了解，我知道她一定有她"无视"我的原因，于是我也就放下了这事。相反地，我决定利用这次机会好好地飞一飞——在没有翅膀的情况下，并让自己陶醉在周围美丽的色彩中，那色彩正随着太阳沉向海平线而逐渐变化着。

那泼洒在天空中的浅淡色彩实在是太壮观了，我根本无法用文字表述。我以为我已经见过这个星球上所有可能的色彩交响曲了，但是我错了。从我们的高度看，天空的色彩效果有时和海洋的形成对比，有时又能很好地互相补充，实在是蔚为壮观。大自然可以协调好这么一系列色彩真是太不可思议了，它们一直变化着，一直美丽着……我再次感到了那种曾使我昏迷的"醉感"，与此同时我收到了一个简洁明了的指示："立刻闭上你的眼睛，米歇。"

我照办了，之后醉感消失了。然而，闭着眼就不好操纵利梯欧拉克并保持在队列中了——特别是对一个在这方面的新手来说。不可避免地，我一会儿偏左，一会儿偏右，时上时下。

我收到另一个指示，这次不那么紧迫了："看着拉梯欧努斯的背，米歇，眼睛别离开她，并盯着她的翅膀。"

我睁开眼看见拉梯欧努斯就在我前方。奇怪的是，她长出的黑色翅膀并未使我感到一丝惊讶，于是我全神贯注地盯着它们。过了一段时间，涛靠近我用法语说道："我们就要到了，米歇，跟着我们。"

当拉梯欧努斯的翅膀消失时，我觉得同样自然。我随着大家飞向下面的大海，我们可以看见我的都扣所在的那个小岛了，它就像彩色桌布上的一颗宝石。在快速接近时，我们被一片绝妙的绚丽的色彩包围了，因为那时太阳正在潜入波涛中。我不得不加快了飞向我的都扣的速度，因为那由颜色的美丽导致的"醉感"再次威胁着要将我淹没，所以我得半闭着眼睛。我们现在在海平面飞行，没多久就穿过沙滩，钻进了那些绕着我的都扣的枝叶中。然而，我的着陆并不成功，我发现自己在进入都扣后跨在了椅背上。

拉涛利立刻就到了我身边。她按了一下我利梯欧拉克的底部，问我还好吗。

"还好，只是这些颜色！"我结结巴巴地说道。

没人笑我的小事故，并且每个人都显得有些忧伤。她们这样实在是太不寻常了，使我对此深感困惑。我们都坐了下来，随便喝了些含蜜饮料，吃了几盘红色和绿色的食物。

我并不觉得太饿。我取下我的面罩，并觉得我开始再次恢复知觉。夜晚降临得很快，在海奥华上就是这样。我们在黑暗中坐着，我记得自己当时一直在琢磨一件事——在我勉强能辨认出她们每个人的时候，她们却能像在白天一样轻易地看见我。

没人说话，我们静静地坐着。抬头，我可以看见星星一个接一个地出现，闪烁着各种颜色，就像一场被"冻"在了空中的烟花表演。在海奥华上，由于大气中的气体分层和我们的不同，星星看起来五颜六色，而且要比我们在地球上见到时大很多。

突然，我打破了沉默，十分自然地问道："地球在哪儿？"

就像一群人都只是在等这个问题一样，她们全站了起来。拉涛利像抱小孩一样用胳膊抱着我，然后我们去了外面。其他人在前边带路，我们沿着一条宽阔的路来到沙滩。在那里，在海边潮湿的沙子上，拉涛利将我放了下来。

时间一分一分地过去，天穹被越来越多的星星照亮，就像有只巨手在点亮一个枝形吊灯。

涛走近我，然后几乎是在用一种伤感的，我几乎辨认不出是她的声音小声说道：

"你看见那四颗星星了吗？米歇，它们刚好在地平线上方，几乎形成了一个正方形。右上角的那颗是绿色的，而且比其余的要亮一些。"

"是的，我想是——是，那形成了一个正方形——绿色的，确实如此。"

"现在看这个正方形右边的稍高处，你将看到两颗靠得很近的红色星星。"

"嗯，对。"

"看着在右边的那颗，再稍向上一点点。你能看到一颗极小的白色星星吗？它几乎看不见。"

"我想是的……看到了。"

"然后在它的左边稍高一点是一颗极小的黄色星星。"

"是的，是这样的。"

"那颗白色的就是照亮地球的太阳。"

"那么，地球在哪儿？"

"从这里看不见，米歇，我们离得太远了。"

我待在那儿，盯着那颗微小的星星，它在一个布满色彩斑斓大宝石的夜空中显得是那么微不足道。然而，那颗微不足道的星星，此刻也许正在温暖着我的家和我的国家；使植物发芽生长……

"我的家"——这词显得如此陌生。"澳大利亚"——从这个角度看我很难想象它是我们星球上最大的岛，特别是在地球都无法用肉眼看到的时候。然而，我已经知道我们同属一个银河系，而宇宙由成千上万个银河系组成。

我们是什么？可怜的人体，比一个原子大不了多少。

第十三章

回"家"

屋顶的白铁皮在骄阳的照耀下嘎吱作响,就连阳台也热得让人无法忍受。我看着光与影在花园里快乐地嬉戏,听着鸟儿们互相追逐着飞过一片淡蓝色天空时的歌声——而我,却不禁感伤。

我刚在我被要求写的这本书的第十二章结尾画上最后一个句号。这任务并不总是得心应手,有些细节常常会想不起来,然后我会花上几个小时努力回忆涛说过的话,以及她想让我写的那些特别的事情。之后,就在我十分烦恼的时候,它们会全都回来——每一个细节,就像一个声音在我的肩头口授一样,于是我就会一下写很多,直到手开始抽筋。因为在大约三小时的时间里,有时时间会长一些,有时短一些,图像会涌满我的脑子。

在写这本书时,每当脑海里挤满了文字,我便想要是我会速记该有多好——而且这时,又一次,这种奇怪的感觉回来了。

"你在那吗?涛?"我会这么问,从来没得到过回应,"是你们中的一个人吗?涛?毕阿斯特拉?拉涛利?拉梯欧努斯?我求你们给我一个信号,一个声音。请回复!"

"你叫我?"

我刚才的声音太大,于是我妻子跑了过来。她靠近我,在我面前仔细地观察着我。

"没有。"

"你每隔一会儿就要自言自语一番,是不是?当这本书写完,然后你彻底'回到地球上'时,我会很高兴的!"

她走开了。可怜的利娜,她在过去几个月的时间里自然也不容易。为什么她必须要承受这个?她在一天早晨起床后发现我四肢伸展地躺在沙发上,面色惨白,呼吸困难,而且迫切地想要睡觉。我问她有没有看过我的留言条。

"看过了,"她说道,"不过你去哪儿了?"

"我知道你将发现这令人难以置信,但是我是被外星人选出来并被带到了她们的星球上。我会告诉你一切,不过现在,请你,就让我好好睡一觉,能睡多久就多久。我现在要到床上去了——我躺在这儿是怕吵醒你。"

"我想,你的疲惫不会是因为别的事情吧?"她的语气虽然温柔却透着无奈,我可以感到她的担心。不过她还是让我去睡觉了,于是我一下睡了足足三十六个小时——直到我睁开一只眼睛。我醒来发现利娜正俯身看着我,脸上带着一种护士在看一个垂危病人时的焦虑神情。

"你还好吗?"她问道,"我差点儿要喊医生了,我从来不知道你能一动不动地睡这么久——不过你一直在做梦,并且还在睡觉时喊叫。你提到的'阿尔基'或'艾基'是谁?还有'涛'?你会告诉我吗?"

我对她微笑并吻了她。"我会告诉你所有事情的。"就在那一刻,我突然想到成千上万的丈夫和妻子一定在说着同样的话,却并未打算去解释"所有事情"。我想我本该说一些不怎么世俗和平凡的话。

"好的,我听着呢!"

"好,而且你必须仔细听,因为我要说的内容很严肃——非常严肃。不过我不想把同样的故事讲两遍。把我们的儿子叫进来,这样我可以给你们俩一块讲。"

三个小时后,我大体讲完了我那非同寻常的奇遇。利娜——她是家里最不容易相信这类事情的人,通过我的一些表情和声音里的一些语调,也觉得我身上发生了什么很重大的事。当一个人和另一个人共同生活二十七载后,有些事情是不会被误解的。

他们的问题像连珠炮一样朝我抛来,特别是我儿子的,因为他向来认为其他星球上存在着智慧生命。

"你有证据吗?"利娜问道。我想起了涛的话——"他们寻找证据,米歇,并且总是在找更多的证据。"当这个问题从我自己的妻子口中说出来时,我难免有点失望。

"不,一点儿也没有。不过当你读了我必须要写的书后,你就会知道我讲的是真话。你将不必去'相信'——你将会知道。"

"你能想象出我告诉我的朋友们'我丈夫刚从海奥华星回来'的情形吗?"

我要求她不要向任何人提起这件事,因为我的任务不是去说,而是先写。我感觉这样更好,因为无论如何,说出去的话会随风飘散,而写下来的会留驻世间。

时间一天天,一月月地过去,现在书写完了,接下来只剩下把它出版了。在这件事情上,涛曾确定地告诉我几乎没什么问题,这是在我们返回地球的途中,我在飞船上问一个问题时她的回答。

"飞船"——这个词让我想起了多少事情……

最后那个夜晚,在沙滩上,涛指出了那颗微小的星星,也就是现在正让我汗流浃背的太阳。之后我们乘飞台朝宇航基地飞去——很迅速,并且没说一句话,一艘准备好立刻出发的宇宙飞船正在等着我们。在我们去基地的短暂行程中,我在黑暗中观察到同伴们的辉光不像往常那样灿烂了——颜色变淡并且离身体更近。这使我感到惊讶,但我什么也没说。

当我们登上飞船时,我还以为我们要去旅行,可能是去一颗附近的星球执行一个特殊任务。涛什么也没对我讲。

我们的起飞按部就班,所以平淡无奇。在我看着金色的星球迅速地变小时,我还以为自己会在几小时后——或者也许是在第二天返回。几小时过去了,最终,涛开始对我讲话了。

"米歇,我知道你已经注意到了我们的伤感,这的确是真的,因为有一些离别要比别的更令人难过。我和我的同伴们已经非常喜欢你了,并且即使我们难过,那也是因为,在这场旅行的结尾,我们必须分别了。我们正在带你返回你的星球。"

又一次,我的胃部感到一阵刺痛。

"我希望你不会为离开得这么快而怪罪我们,我们之所以这么做是为了不让你抱有遗憾,当一个人离开一个他所喜爱的地方时总会有这样的感觉。我知道你十分喜欢我们星球以及我们的陪伴,你很难不去想'这是我最后一个晚上'或'这是我最后一次看见这个或那个'。"

我低着头,完全无话可说,我们默默地坐着,过了一会儿,我感觉重了,仿佛我的四肢和器官都变重了。我缓缓地将头转向涛，偷偷地看着她。她看起来更伤感了，并且有什么不一样的东西在消失。突然，我知道了——是她的辉光。

"涛，我怎么了？我不能再看见你的辉光了。"

"这是正常的，米歇。圣贤长老们（涛拉）给你的两个天赋——看见辉光和理解语言的能力，是作为你在学习时的工具，不过只是在一段有限的时间内。"

"这个时间刚过去，但不要为此而难过，毕竟，在我们初次相会时，你也并没有这些天赋。你真正能带回去的，是那些能让你和你成百上千万同胞受益的知识。"

"这难道不比理解语言或是看见你不能读懂的光辉更重要吗？归根结底，读懂辉光才有价值——而不是看见它们。"

我认同了她的说法，但还是感到了沮丧，因为我之前在短时间内很快就习惯了围绕着这些人的光辉。

"不用遗憾，米歇，"涛读着我的想法说道，"在你的星球上，大多数人都没有灿烂的辉光——根本没有。成千上万地球人所想和所关心的都与物质事件密切相关，以至于他们的辉光非常的暗，你会为之失望的。"

我端详着她，很清楚地意识到，很快我就再也见不到她了。尽管她有着高大的身材，体形却是那么匀称；美丽和善的脸上没有一丝皱纹；她的嘴、她的鼻子、她的眉毛——全都是那么的完美。突然，一个在我潜意识中酝酿已久的问题几乎是不由自主地冒了出来。

"涛，你们都是两性人，这有什么原因吗？"

"有啊，而且它还很重要呢，米歇。如果你再不问这个问题，我会惊讶的。"

"你知道，因为我们存在于一个高级的星球上，我们所拥有的一切物质，就像你亲眼所见，也都是高级的。我们的各种身体，包括肉体，也必然是高级的。而且在这个领域里，我们已经进化到了所能达到的最高阶段。我们可以再生我们的身体，防止它衰老，复活它，有时甚至是，创造它。但在一个肉体中还有其他命体，比如说灵体——事实上，一共有九个。此刻我们要关注的是液态身体和生理身体。液态身体影响着生理身体，相应地，生理身体影响着肉体。

"在液态身体中，你有六个主要部位，我们称其为卡若拉斯，你们星球上的瑜伽师称其为脉轮。第一个脉轮位于你的双眼之间，刚好在鼻子上方一点五厘米处，换言之，它是你液态身体的'大脑'；它对应着松果体，后者在你物理大脑更远的后方，但两者刚好在同一水平线上。那位长老（涛拉）就是通过将一根手指放在你的这个脉轮上释放出你理解语言的天赋的。

"回到我们现在要讲的，在液态身体底部，刚好在生殖器的上方，有一个非常重要的脉轮，我们称之为纯真轮（Mouladhara）[1]，你们的瑜伽师称其为根轮。在这个脉轮之上与脊柱会合的地方，是 Palantius[2]，它的样子是个螺旋状的弹簧，只有在松弛时才会触及脊柱的底部。

"要让它松弛，彼此相爱，而且精神上有共鸣的双方进行性交。只有在那时，在这些条件都满足的情况下，Palantius 才会延伸到脊柱，向生理身体传递一种能量和特殊的馈赠，之后，生理

---

[1] 编辑注：或者是 Sacral，另一种拼写为 muladhara 汉译名为海底轮（纯真轮）。
[2] 编辑注：这个词的拼写不确定。

身体会影响肉体。这种人在性快感中所体验到的幸福要比普通人强很多。

"在你们的星球上,当你听到那些深深相爱着的人们说诸如'我们曾在第七天堂';'我们感到了光'或'我们在空中飘浮',你就可以确定那对人在肉体和精神上都达到了和谐一致,是'天造地设的一对儿'——至少在那一刻是。

"地球上的一些秘教人士已经做到了这一点,但这在他们当中并不普遍,还是因为他们的宗教——里面有着荒唐的仪式和戒律——为他们达到这个目的制造了真正阻碍。当他们看着森林时,他们没有看见树。

"让我们再回到相爱的那对儿吧:由于这种爱是真诚和绝对和谐的,男性所体验到的极大的快感转化为对Palantius有益的振动。所有的这些幸福感的释放都由性行为促成。女性所体验到的幸福感与之不同,但过程是一样的。

"现在来回答你的问题。在我们星球上,拥有着既是男性又是女性身体,我们可以凭意愿,同时拥有男性和女性的感觉。自然,这要比我们是单性人时所体验到的性快感范围大得多。往深了讲,我们的液态身体可以处在它的最佳状态。我们的外表,不用说,女性特征多于男性特征——至少在我们的脸部及胸部是如此。米歇,一般来说,女人要比男人有一张更好看的脸,你同意吗?自然,我们也喜欢美丽而非平淡无奇的脸。"

"你怎么看待同性恋?"

"同性恋的人,无论男女,是一种(当不是荷尔蒙的问题时)神经质问题,所以不应该被指责,但是,像所有神经病患者一样,他们应该寻求治疗。米歇,在任何情况下,都想一想大自

222

然是怎么规定的,你就会知道你问题的答案。

"大自然给了一切生物繁衍的可能,所以各种生物都可以延续下去。根据创世者的意愿,所有物种都在创造时被分出了雌雄两性。然而,对于人类,基于我刚才解释过的原因,它加了一些其他物种所没有的特点。比如,一个女人在性高潮时会容光焕发,获得的一系列可以使Palantius松弛的性感受,从而通过液态身体得到她肉体的极大改善。

"那可以在一个月的很多天里发生,并且不会使她怀孕。另一方面,一头母牛只会在每月的某几个小时里接受公牛,而那不过是受繁殖本能的驱使罢了。一旦怀孕,它就不会再接受公牛的'挑逗'了。你可以就此对大自然的两个产物进行比较。第一个是一种相当特殊的生物,拥有九个命体;而第二种,只有三个。显然,创世者在我们身上所用的特殊心思远远不止一个物理身体。在你的星球上,这些特殊的事情有时会被称为'神圣的火花'——这是个不错的比喻。"

"你怎么看待故意堕胎?"

"那是个自然的行为吗?"

"不,当然不是。"

"那你为什么还要问——你已经知道答案了。"

我记得涛好像陷入了沉思——一言不发地看着我,这样过了好长一段时间,她又开口道:

"自从蒸汽机和内燃机出现后,在你们星球大约一百四十年的时间里,人类加速了对自然的破坏和对环境的污染。在状况变得不可救药之前,你们只剩下不多的年头去阻止污染了。燃油引擎是地球上的主要的污染源之一,并且,可以说,它可以立刻被不造成污染的燃氢引擎替代。在一些星球上，它被称为'清洁引擎'，这种引擎的样机已经被你星球上的许多工程师制造出来了，但它们必须被大规模工业化生产才能取代燃油引擎。这一措施不仅可以将目前由燃烧废物造成的污染降低百分之七十，对用户来说也更经济。

"大型燃油公司很害怕这种燃氢引擎被普及的计划，因为这将意味着他们石油产品的销量下降，进而导致破产。

"对石油产品征收着重税的政府也同样会有损失。你瞧，米歇，一切总归和钱有关。因为它，你们的整个经济和金融环境都在阻碍能为全地球人类利益带来根本性改善的进步。

"地球人甘愿被政治和企业联盟摆布、欺凌、剥削，并被领向屠宰场。而那些企业联盟有时甚至和某些著名的教派或宗教有关联。

"当这些企业联盟没能成功地通过狡猾的广告活动给民众洗脑时，他们会通过政治渠道，之后是宗教或是将这几种方式巧妙地结合起来以达到自己的目的。

"想为人类做一些事情的伟人都直接被害死了。马丁·路德·金是一个例子，甘地更是。

"但是地球人不能再自甘被当成傻瓜对待了，也不能再像一群羊一样被当权者领到屠宰场——而且，那些当权者本身还是民选的。人民占绝大多数，在一个有着一亿居民的国家里，一群数量约在一千人的金融家可以决定其他人的命运——就像屠夫在屠宰场做的那样，这是多么的荒唐。

"这样的一群人完全、彻底地抑制了燃氢引擎的商品化，这个话题就这样石沉大海。这些人一点也不在乎若干年后你们星球上可能会发生什么。他们自私地追求着他们的利益，认为自己会在'无论将发生什么事'发生前死去。如果地球由于可怕的大灾难而消失，他们会想当然地以为自己那时早就死了。

"他们在此犯了一个很大的错误，因为即将发生的灾害的根源就是你星球上日益严重的污染，而且它的后果很快就会被感受到——比你想象得还要快。地球人一定不能像被禁止玩火的小孩那样——孩子没有经验，就算被禁止他也还是不听话，最后烧伤了自己。一旦烧伤了，他就'知道'大人们是对的。他不会再玩火了，但他会在之后的数日里为他的不听话而承受烧伤之苦。

"不幸的是，我们所关注的这个情况里，后果远比一个小孩被烧伤严重得多。这是你整个星球都毁灭的危险——如果不去信任那些想帮助你的人，就没有第二次机会。

"我们感兴趣地发现，最近出现的生态运动正在获得声势和力量；并且地球上的年轻人正在'带动'其他理智的人同他们一起与污染做斗争。

"只有一个解决办法，就是阿尔基告诉你的——把个体团结起来。一个团体的规模越大，它的力量就越大。那些你们叫作环保主义者的人们正在变得越来越强大，并且将继续强大下去。但至关重要的是人们要忘掉他们的仇恨、他们的愤怒，而且特别是他们的政治和种族差异。这群人必须是国际性的联合——不要告诉我那样太困难——因为在地球上已经存在了一个非暴力并且非常大的国际性组织——国际红十字会。它已经有效运转很长一段时间了。

"重要的是，这个环保主义团队不仅要有避免环境遭受直接污染的计划，还应有防止环境遭受间接破坏的方案；比如说车辆尾气，工厂排烟等引起烟雾的原因。

"从大型城镇和工厂中排出的、经化学处理过的废水也是有害的，却被排入了河流系统和海洋中。来自美国的烟雾所导致的酸雨已造成加拿大四十多个湖泊失去生机。由于源自法国工厂和德国鲁尔地区的污染，同样的事情也正在北欧发生。

"现在我们谈谈另一种不容小觑的污染，尽管人们可能已经忽视了它。正如圣贤长老（涛拉）告诉过你的那样，噪音是最有害的污染之一，因为它会扰乱你的电子并使你的物理分区失衡。我还没给你讲这些电子，而且我发现你没能很好地跟上我。

"一个正常的人类灵体包含大约四十万亿亿个电子。这些电子的生命周期大约是你们的一百万亿亿年。它们在创世的那一刻被创造出来。你的灵体由它们构成，而且，当你死的时候，其中的百分之十九会重新变为宇宙的电子直到在自然的要求下形成一个新的人体、一棵新的树或动物；而剩下那百分之八十一会和你的高级自我重新会合。"

"我有些跟不上你的话。"我打断道。

"我知道，不过我将设法帮你理解。一个灵体不完全是你会说的一个纯精神。在地球上，有一个信条是精神是由虚无组成。这是错误的，一个灵体是由数以亿计的电子组成的，它正好与你的物理外形相匹配。这些电子中的每一个都有一个'内存'，并且每个电子的储存能力都堪比普通城市图书馆里满满的书架上面所有书中所包含的信息。

"我看见你在睁大眼睛看着我，但它就是我说的那样。这些信息被编码了，就像间谍使用的能穿过袖扣的微型胶卷，里面包含了一个军工基地的所有计划，只不过电子要比它小很多。地球上的一些物理学家现在知道了这个事实，但公众们在很大程度上还并不知道这点。你的灵体靠这些电子，通过你的大脑通道向你的高级自我发送，以及接收来自它的信息。信息在传递时你不会意识到它，因为你大脑中发出的那股微弱电流与你的电子是和谐的。

"由于是高级自我将这个灵体派到你的肉体中，你的高级自我就会接收来自你灵体的信息——自然秩序本是如此。

"像所有的电子事物一样，灵体——高级自我的工具——是一个相当精致的工具。在你清醒的时候，它能向高级自我发送十分紧要的信息，但高级自我想要的远不止于此。

"所以，在睡觉时，你的灵体会离开你的肉体重返高级自我——或是传递所需的信息，或是接收信息或指示。你们的法语中有一句古谚：'夜晚到，方法到。'这句谚语来自日常经验。多少年来，人们注意到，在清晨醒来时，他们常常有了问题的解决办法。有时是这样，而有时却不是。如果这个'办法'将有利于高级自我，它肯定会被提供给你——如果不是，你等也没用。

"现在，那些经过很高级和特殊的训练，能把他们的灵体从肉体中分离出来的人，将可以看到一束银蓝色的光线——就像你看见你自己的那样——连接着他们的肉体和灵体。同样，他们的灵体在离体的那段时间里也是可见的。这些电子和组成你的灵体电子是一样的，它们制造了连线的可见效果。

"我发现你跟上了我的话并且抓住了我所说的要点。作为结尾，让我来讲讲噪音的危害吧。噪音会直接侵袭你灵体的电子，制造寄生振荡，在此我用了一个广播电视术语。如果你在看电视屏幕并注意到几个白斑，这表明一个小'寄生振荡'在活动。同样，如果有人在你家隔壁使用电动工具，那些产生在你屏幕上的大寄生振荡将导致图像被彻底破坏。

"同样的事情会发生在灵体身上。但遗憾的是，你不能像看电视屏幕时那样看到它们。而且，这是更糟的，因为噪音损害了你的电子。可是当人们说：'哦，我们习惯它了。'那只能说是你的大脑'绷紧'了，并且你的心理开启了自我防护机制，但是灵体却没有。一个寄生振荡侵害了它的电子——这自然对你的高级自我造成了灾难性的后果。

"传到你耳朵里的声音显然非常重要，一曲特定的音乐可以将你提升到一种幸福的状态；而另一曲，尽管很优美，却对你没什么影响，可能还会使你烦躁。尝试一个实验：选一段你喜欢的小提琴、钢琴或笛子的轻音乐，并将播放声音调到最大。你鼓膜的不适根本比不上你内在的那种巨大不适。你在地球上的绝大多数同胞都认为噪音污染是可以被忽略的，然而一辆摩托车尾气管的噪音产生的危害是它排出的有害废气的三到四倍。当废气损伤你的喉咙和你的肺时，噪音却是在损伤你的灵体。然而，从未有人能拍下你们灵体的照片，所以人们自己根本不关心它！

"由于你的地球同胞们喜欢证据，让他们试想一下：在地球上有那种诚实的人——我在此不是指骗子——声称他见过鬼。

"他们看到的实际上是那些没组成灵体的百分之十九的电子。这些电子在死后三天与肉体分离。实际上，由于某些静电作用，这些电子可以显出和肉体相同的形状。有时，在被自然再利用之前，它们是'闲着'的。但它们也是有记忆的，并且会回去'出没'在那些它们知道的地方——它们喜爱或憎恨的地方。"

"或憎恨的？"

228

"对，不过如果我们要去关注这个话题，你要写的就不是一本，而是两本书了。"

"你们能预见我的未来吗？你们肯定可以的，因为你们连那些更难的事情都能做到。"

"你说得对。我们'预览'过你的一生——直到你现在的物理身体的死亡。"

"我什么时候死？"

"你很清楚我不会告诉你，为什么你还要问？知道未来是件很糟糕的事情，那些提前知晓他们未来的人犯了一个双重错误，第一，算命的也许是个江湖骗子；第二，知道未来会发生什么是有违自然的，不然，知识就不会在'遗忘之河'抹掉了。"

"许多人相信星星的影响，并按照星象行事。你怎么看待那个？"

对此，涛没有作答，但她笑了……整个回程同去的时候差不多。我们没有在中途停留，我再一次欣赏到了那些恒星、彗星、行星以及缤纷的色彩。

当我问涛是否还是会经过平行世界返回时，她的回答是肯定的。我好奇为什么，她解释说那是最好的方式，因为那样她们就不必去应对目击者的反应。

在离开刚好九天之后，我被放在了我的花园里。而且这次，依旧是午夜。